「あ……クラウス、さま……ッ」

ディートリントが、悩まし気な声音でクラウスを呼ぶ。

「大丈夫だ、ここにいる」

伸び上がって口づければ、ディートリントが不安げな顔を緩めて僅かに微笑んだ。

美貌の王弟殿下は白薔薇のような令嬢を捕まえて甘く愛でる

白柳いちか

Vanilla文庫

美貌の王弟殿下は白薔薇のような令嬢を捕まえて甘く愛でる

目次

イラスト／Ｃｉｅｌ

序章

こつりと、ヒールが硬い床を叩《たた》く音がする。

「本日の主役が、こんなところで何をなさっていますの？」

そのすぐ後に聞こえてきたのは、妙齢の女性の酷《ひど》く呆れた声であった。

「……別に、主役ではないだろう」

彼女の言葉に、男はわかりやすく顔を顰《しか》めた。男にとって彼女は、幼少期からよく知る相手。決して仲が悪いわけではないが、一つ年上の彼女には、どうしても頭が上がらないところがある。

「あら、貴方様に早く、お相手を見つけていただこうという催《もよお》しですのに」

昔から、彼女はこうして彼にとってはお節介とも言える余計な世話を焼くのだ。一度たりとも、男から彼女に頼んだことはないというのに……。

「……俺をすぐにでも片づけて、自分がそこの護衛騎士と添いたいだけだろう」

彼女の背後を守る屈強な騎士を見やれば、彼が気まずげに視線をそらした。

彼女とその護衛騎士は、いわゆる恋仲だ。彼女は身分ある高貴な貴族家の跡取り娘で、彼はその護衛騎士。騎士は下級貴族の生まれであるが、幼少期からの付き合いがあると聞く。

「まぁ、そうとも言いますわね」

あっさりと認めた彼女に、男は盛大な溜息《ためいき》を吐いた。昔はもう少し隠したものだが、同じやり取りを繰り返していると、最近では隠す素振りもない。

「勝手に結婚すればいいものを……」

彼女たちの結婚を、男が止めているわけではない。むしろ、すぐにでもすればいいと思っている。しかし、彼女は、そんな男の気も知らず、眦《まなじり》を釣り上げた。

「貴方様が独身の今、我が家が婚姻許可の申請を出しても許可されませんわ。ご存じでしょう?」

知っているかと問われれば、そうでないかと思ってはいるという程度だ。

男はこの国の王弟であり、中継ぎではあると言えど王位継承権第一位の地位にある。兄である国王の息子が成人した暁には、余程の問題がなければ甥《おい》が立太子され、必然的に継承順位も下がる予定であるが、まだ彼らが幼い今、暫定一位が彼なのである。

つまり、男は王弟でありながら、実質王太子としての仕事を請け負っているのだ。

甥が育てば、今の立場を退くことになる。つまり、男が下手な相手と縁づけば、その婚家が横やりを入れかねない立場にあるのだ。

それゆえに、男の兄である国王は、従姉《いとこ》である彼女を男の最有力婿入り先と考えている節がある。

「兄上の過干渉には、困ったものだな」

彼女との婚姻、ましてや婿入りなど以ての外だと再三兄には伝えている。それを理解しているのかいないのか、それとも理解していてしていないふりをしているのか、色よい返事を貰えたことはない。

そのために、主張することすら面倒になって、放置しているというのが現状である。

男が国にとって、王家にとって微妙な立場であることは間違いない。国王の代理として働かねばならない場面は多く、彼なしでは立ちいかないことはわかっているからだ。しかし、王位の簒奪《さんだつ》なんて大それたことを考えられても困るのだ。

どれもこれも、こんな現状になっているのは、ひとえに彼らの父である前国王が若くして亡くなったためである。それゆえに、男の兄は、若くして国王となり、男が甥の代わりに王弟として実質王太子の仕事を肩代わりすることとなったのだ。

「またそんな他人事のように仰《おっしゃ》って。ご自分のことですのよ？」

「今さら婚姻など必要ないと思うのだがな。兄上のところもすでに子供は三人。内、二人は男の子だ。スペアも問題ない」

そもそも放置しているのも、男に結婚する意志がないからだ。己が微妙な立場にあることは重々理解しているし、兄王の代理として戦地を飛び回ることもある彼は、常に危険が付きまとう。

次世代の国を継ぐ者はいるのだから、今さら結婚などして面倒ごとを抱え込むなんてごめんである。

「そう思っているのは、貴方様だけですわよ。むしろあの方は、貴方様をスペアにしていることを心苦しく思っていらっしゃるのですから……ご自分が義務を果たされた以上、いつまでもそんな立場に置いておきたくないのでしょう」

男に王位が回って来ることは、まずあり得ない。つまりは、甥が成長するまで、彼はずっと兄王の代理であらなければならないのだ。

王太子であれば、いずれ自分に王位が回って来る。しかし、男がどれほど頑張ろうとも、いずれ別の王太子が立太子されることになるのだ。王弟という権力はあれども、働き損と言ってもいい。

そんな立場に弟を追いやっている自分を、兄が心苦しく思っていることは、男は知っている。

王弟という中途半端で不確かな身分でなく、従姉に婿入りさせて公爵に……と画策していることも知っている。

「それが、大きなお世話だと言うのに」

男は、特に今の身分で困ってはいないのだ。面倒なことがないとは言わないが、惚れた相手がいるわけでもないのに、無理に結婚する必要性も感じられない。

「結婚したいと思うような相手は、本当におりませんの？」

「いないいな」

いたらすぐにでも囲い込んで結婚しているだろう。指をくわえて見ているというのは、性分に合わないのだ。

「そんなはっきりと……」

「寄ってくるのは、この身分に魅かれる野心があるものばかりだ。そんな相手を到底妻に迎えられるわけもない。それに、そんな相手では、こちらの気持ちが盛り上がるわけもないだろう」

王弟妃になりたいという女性であれば、過去に掃いて捨てるほどいた。男の容姿も脈々と受け継がれた血統ゆえか、整っていると言われているのも知っている。

声をかけてくるのは、野心にあふれた女性か、一時の火遊びを目的とした相手。前者は端からお断りだし、後者は下手なハニートラップに引っかかるのも何かと問題が多い身の上である。

「まぁ、それはそうですわね」

それには彼女にも思うところがあるのか、複雑そうな表情で同意する。公爵家の跡取り娘、似たような状況にあるのは考えるまでもない。

「かと言って、自分から好みのタイプに果敢に攻めるかと言われれば、そんな気力も時間もない。それならば、自由な独り身で十分だと思うだろう?」

男は、野心のない穏やかな女性が好きだ。魑魅魍魎《ちみもうりょう》が跋扈《ばっこ》する王宮や、精神を擦り減らして行う国家間交渉、血と汗と体液が飛び散る戦場。そんな場所を練り歩く彼に、心穏やかに過ごさせてくれるそんな女性が。

しかし、大抵そういうタイプの女性は、男のような複雑な立場の男には寄り付きもしないものだ。もし寄って来るというのであれば、それはそういうタイプの女性のふりをした野心にあふれる女性である。

穏やかな気性でいられるということは、本人の生活も周りも穏やかであることが多い。つまり、穏やかで幸福な場所からは出てこないということだ。

「そんな悠長なことを言っていると、いつかわたくしのところに婿入りさせられましてよ?」

「ちゃんと兄上に断ったぞ?」

その気がないとは、ちゃんと伝えたはずだ。ただ、のらりくらりとかわされるだけで……。

「あの方の中では、未だわたくしが最有力候補ですわ。おかげさまで、わたくしは結婚したくてもできませんの」

貴族の婚姻には、国王の許可がいる。

つまりは、申請をしても差し止めをされているのか、下手をすれば不受理されている可能性すらあるのだろう。

「お願いですから、すぐにでもお相手を見つけてくださいませんこと？　わたくし達の結婚の障害にしかなりませんの！」

彼女が、どこか高飛車にそう言い放つ。従姉であるからの親しさゆえか、彼女は男にいつも高飛車だ。そして、歯に衣着せずはっきりと非難する。

「……辛辣だな、相変わらず」

「だってそのための仮面舞踏会でしてよ？　王弟だと知るや目の色を変える女性が嫌だと仰るから、こうして身分も立場も隠して交流できる出会いの場を設けましたのに……この催しが始まってすでに三年ですわ！」

彼女が、力任せに扇を己の手のひらに叩きつける。

「随分と好評なのだろう？　いいことじゃないか」

男が望んだわけではないのに、結果が出ないからと彼に怒られても困るのだ。むしろ、この公爵家の仮面舞踏会での出会いから結婚に至った者も少なくないと聞く。それならば、ある意味効果は出ているということだ。

「肝心の主役が不参加では意味がありませんわ。わたくしは、見ず知らずの他人の恋路には興味がありませんの！　他でもない、貴方のものにしかね‼」

「それだけ聞けば、随分と熱烈なのだがな」

彼女のあまりの熱の入れように、男としては苦笑するしかない。

「またそのようにのらりくらりとかわそうとなさって……ほら、あちらの令嬢とかお勧めでしてよ？　侯爵令嬢ですけれど、ご実家は代々研究職の家系ですから害にはなりませんわ。そしてあちらのご令嬢は……」

堂々と令嬢たちの身分を語る彼女に、男は呆れた視線を向けた。

「……身分や立場を隠しての交流じゃなかったのか？」

「主催者として、参加者の身元くらい認識しておりますわ。隠しているのは、参加者同士だけの話でしてよ」

もちろん、それは男とて理解している。だからこそ、安全でかつ刺激的な催しだと社交界では認識されているのだ。

「……それを横流しするのは問題ではないのか」

「それが嫌ならば、参加しなければいいだけの話です」

あっさりと開き直った彼女に、男は溜息を吐く。

「……まぁ、どちらにしても興味はない。兄上が行けと言うからその指示に従っただけのこと。適当に時間を潰して帰るつもりだ」

久々に王宮に戦況の報告に上がったタイミングで、時間があるならと厳命されたのだ。

本来ならば、親しい者たちと酒を酌み交わしにいくはずだったのに。

そんな状態でしぶしぶ顔を出してみれば、この体たらく。まるで、彼女に文句を言われに来たようなものである。

これ以上は聞くだけ時間の無駄だと彼女に背を向ける。

「ちょっと……どこに行くんですの！　話はまだ終わっていませんのよ‼」

背中にかけられる彼女の声を無視して、男はテラスへと通じる扉を開けた。

夜の風にのって、穏やかで柔らかな声が聞こえてくる。

「オルレアにヤグルマギク、フロックスにラグラス。あれは……何かしら？　サルビア……いや、ルピナス？」

決して広いとは言えないテラスに、令嬢が一人。

淡いクリーム色のドレスを着た令嬢は、人目を気にすることなくテラスの柵から下を覗き込んで首を傾げた。

彼女の口から聞こえるのは、下の庭園の草花たち。男の知る限り、この庭にサルビアやルピナスは咲いていない。それに近しい花といえば、ひとつしかなかった。

「あぁ！　デルフィニウム‼　……って、どなた？」

柵の下を覗き込んでいた令嬢が、不思議そうに顔を上げる。夜風に、彼女の美しい白金色の髪が靡《なび》いた。

何の害意もなく、そして警戒心もなく問いかけた彼女に、男の口から苦笑が漏れる。

「このような場で、名前を聞くなど無粋だな、レディ」

この場にいるということは、彼女は間違いなくこの仮面舞踏会の参加者の一人だろう。しかし、なぜか彼女はこの人気のないテラスで庭を見下ろしている。しかも、仮面を外してしまった状態でだ。

少し幼げな風貌と頼りなさげな雰囲気から、恐らく今年デビューしたばかりの少女ではないかと推測する。

「……！　そうでしたね。失礼しました。あまり、こういった場に慣れていないもので」

彼女は、慌てて目元を隠す仮面を装着するため、彼に背を向けた。こちらに向き直った頃には、その素顔は半分ほど仮面に覆われていた。猫を模したのであろうか、つり目がちに見える仮面が、どこか危なげな魅力を醸し出す。

「では、なおさらこんな人気のない場所にいるべきではないだろうな」

そして、こういった場に慣れていないのであれば、会場から出るべきではない。同伴者

はどうしたのだと呆れながらも、男は僅かに顔を顰めた。

こうした幼気な少女を食い物にしようとする、悪心を抱くものがいないとは限らないのである。だからこそ、女性一人で人気のない場所に行くことは、推奨されないのだ。

「……はい」

どこかしょんぼりと肩を落としてしまった彼女に、男は自嘲する。

良かれと思って口にしたが、それは彼女自身理解しているだろう。彼女は、己の部下ではないのだから、厳しくする必要もない。

「慣れぬ場所が、息苦しく感じることもあるだろう。かく言うわたしもその口だ」

苦笑交じりにそう白状すれば、彼女が顔を上げた。

「閣下でも……そう思われるのですか？」

「それはそうさ。人には得意不得意があるからね」

男にとって、こういう場所は不得意な場所だ。

もちろん、彼にとって何ら不都合がある場所ではないが、望まぬ好意を押し付けられるというのも、案外疲れるものである。

「こういう場所にいらっしゃる方は、好んで参加されているのかと思っていました」

「事情は人それぞれだろう。もちろん、大半の者は、楽しんでいるだろうがね」

顔もわからぬ相手との逢瀬《おうせ》は、身分や立場を隠して羽を伸ばせる場所でもあるだろう。

ただ残念ながら、男にとってはそうではないだけだ。

彼という人は、とても有名人だ。社交界に出ている者ならば、必ずと言っていいほど彼の正体に気が付くだろう。従姉に変装も勧められたが、そこまでして出たいものでもない。

「連れはいないのか？」

「呼ばれて行ってしまいましたの」

そう言って、彼女は困ったように肩を竦めて見せた。

「それは……難儀だな」

本人が、この手の夜会を好むタイプなのか、それともやむに已まれぬ事情で呼ばれたのかはわからないが、ご苦労なことである。とはいえ、彼女にとっては迷惑な話だ。

「……花が、好きなのか？」

それ以上返す言葉が見つからなくて、男は先ほどの彼女のように、テラスの柵を覗き込んだ。

「あぁ、えっと、はい。好き……というか勉強中です」

「勉強？」

思わぬ返答が返ってきて、男は首を傾げた。彼女のような年若い令嬢が、あまり口にする理由ではない。

しかし、そんな男の困惑を気にするでもなく、彼女は生き生きと答えた。

「はい、花は身近な存在なので。とはいえ、家業を手伝うにも、もっと知識をつけなければいけません」

随分と色気のない話であった。それでも、不思議と好感が持てるのはなぜなのか。

「それで、庭園を見ていたと？」

男の問いに、彼女は素直にこくりと頷いて見せた。

「はい。ここのお屋敷の庭園は有名ですから」

彼女が言うように、この公爵家の庭は有名だ。

広大な敷地の中に大小様々な庭が混在していて、それぞれに趣《おもむき》がある。特に今見下ろしている庭園は、野山の自然をそのまま再現した庭で、華やかさはないが、素朴な美しさのある庭だ。

「なるほど。それならば、王宮の『輝きの庭』を見たことは？」

王宮の『輝きの庭』は、ここことは対照的に、華やかな品種ばかりを集めた庭だ。薔薇《ばら》の種類が多く貴婦人たちには人気がある。

「あの庭は、招待されないと入れないと聞いていています……」

王宮の敷地の中でも特別な一角にある庭である。男にとってはどうという場所でもないが、彼女にとっては敷居の高い場所なのだろう。

社交界で顔が売れてくれれば、大抵は茶会に催し物にと呼ばれることもあるが、デビューしたての令嬢ではそれもまだ難しいかもしれないと思い至る。

「あぁ、そうか……ならば、今度わたしが案内しよう」

どうしてそんな言葉が出たのか、男は己の口から出た言葉に驚いた。

「!? よろしいのですか？」

瞳を輝かせたであろう彼女に男の口から苦笑が漏れる。とはいえ、口にしてしまったことには仕方がない。当面は王都で過ごすつもりであったしと己に言い訳して、男は頷いた。

「……王宮には、伝手《つて》があるからね」

「……えっと、では」

おそらく名を口にしようとしたのだろう。そんな彼女の唇に、指を立てる。

「名前は口にしてはいけないよ。ここは、仮面舞踏会だからね」

男の言葉に、彼女がはっとする。この場が仮面舞踏会であることを、忘れていたらしい。

「では、どうしたら……」

余程『輝きの庭』が見たいのか、真剣に悩む彼女に男は小さく笑う。この警戒心のなさは、少々心配になるが、それもまた悪くない。

「探し出して、招待状を送るよ」

男にとって、人探しなどさほど難しいことではない。特に、この国の令嬢であればなおさらだ。

「！」

そんなことが可能なのだろうかとでも思っているのだろう。彼女の驚いた様子に、男は再び笑う。

「この美しい髪に約束しよう」

白金色の美しい髪。それは、まるで朝露に濡れた銀糸のようだ。いや、朝露に濡れるのならば、美しい白薔薇の方が似合うだろうと、テラスの下に見える白い蔓薔薇を見ながら思う。

「はい……」

「だから、今夜はもう会場に戻りなさい」

いつまでもこんな場所にいれば、良からぬ噂《うわさ》を立てられるかもしれない。それほどに、男は有名人だ。彼の妻の座を狙う者たちに、排除されてはあまりに忍びない。

こくりと頷いた彼女が、小さく膝を折って男が入ってきた扉とは別の扉から会場へと戻っていく。

そんな彼女の後ろ姿を見つめながら、男は自分の言動と行動に苦笑する。

舌の根の乾かぬ内にとは正にこのことだろう。従姉に知られれば、何と言われることかと思いながらそれでも悪い気分ではなかった。

ふらりと庭園を散歩して時間を潰し、そろそろ義理は果たしたかと思われたころに従姉に暇を告げる。

「それで、良い子はいまして？　長い間戻ってみえなかったけれど」

どこか意味深な表情を浮かべて見せた彼女に、男は苦笑する。

「あぁ、それは……」

彼女に聞けば、先ほどの少女の家などすぐにわかるだろう。そう思って会場内を見渡す。

そこで、男は動きを止めた。

「……閣下？」

そんな男の姿を不審に思ったのか、仮の敬称で呼び止めた彼女は怪訝《けげん》な視線を向けた。

「あれは？」

男の視線の先には、先ほどの少女。

そしてその隣には、彼女と対を為すような赤髪の美丈夫がぴったりと寄り添っていた。

そんな美丈夫に、先ほどの少女が頬《ほお》を染めて嬉しそうに笑っている。

「あぁ、『白薔薇の君』ですわね」

「『白薔薇の君』？」

聞きなれぬ単語に、男は訝し気な表情を浮かべた。

「ええ、ご存じありません？　美しい白金色の髪からそう呼ばれているのですわ。なんでも近々婚約間近だとか……みな枕を涙で濡らしますわね、きっと」

傍を離れていたのが彼だというのであれば、少し心配にはなるが、それでも彼女にあんな表情をさせることができるのだ。心の底から、彼を愛しているのだろう。

「……そうだな」

そんなことを考えれば、先ほどまで浮かれていた気持ちが急激に萎《しぼ》んでいく。

彼女は、『輝きの庭』に興味があるのであって、男と共に出かけることを喜んでいたわけではないのだ。冷静に考えれば、わかることであった。

「……閣下?」

従姉が、怪訝な表情で男の顔を窺《うかが》う。その顔には、困惑がありありと浮かび上がっていた。そんな彼女の顔を見ないふりをして、男は首を振った。

「いや、彼女が幸せになれるのなら、それが一番だ」

男がわざわざ手折る必要などない。自然に咲く薔薇こそ、一番美しいのだから……と納得して。

「……? ええ、そうですわね」

全幅の信頼を置いたとでも言うように、穏やかに微笑む彼女とその相手。彼が何かを彼女の耳元で囁けば、彼女が仮面の上から顔を手で覆った。

あのような姿が、彼女の本来の姿なのだろう。

結果的に彼女との約束を反故にすることにはなるが、自分のような者が彼女に関わるべきではない。婚約間近というのであれば、なおさらだ。兄の耳に入れれば、婚約を取りやめさせてでも彼との縁を結ぼうとするかもしれない。

これから幸せに向かって進むであろう年若い少女から、その幸せを奪うことはできない。

少しばかりの邂逅《かいこう》に満足すべきだと、生まれた感情に蓋をして、男は少女から視線を外した。

これ以上追及しても無駄だと思ったのか、彼女が話題を変える。

「ところで、次の舞踏会にも参加いただけますのよね？　お兄様からは、当面こちらにいらっしゃると伺いましたわ」

今回が駄目ならば次回、懲りないなと素直に思う。しかし、男はそんな彼女の目論見に付き合うつもりはなかった。

「いや……すぐにでもあちらに戻るよ」

そう、戻るのだ。己のいるべき場所へ。

「閣下⁉」

男の返答に、彼女がぎょっと目を剝《む》く。

男が王都にいれば、少女は自ずと男が誰であったかを知ることになる。そして、男もまた彼女が婚約者と共にいる姿を目にすることになるだろう。それは、二人にとって得策ではない。

であれば、彼がここから去るだけだ。

踵《きびす》を返した男の背に、彼女が金切り声を上げる。そんな彼女を宥《なだ》める護衛騎士の声を聞きながら、男はどうにもならない己と彼女の人生に、深く溜息を吐いた。

第一章　戦勝会と白薔薇の君

長年小競り合いが続いていた隣国トードルトとの争いに、決着がついた。結果は、この国アルタウスの圧勝。トードルトの第一王子を捕虜にしての凱旋《がいせん》であった。

この争いを率いていたのは、クラウス・イェルク・アルタウス。現国王の年の離れた弟だ。

トードルトとの国境の領地を守るランブール辺境伯家が率いる辺境騎士団と共に、王国騎士団を率いての参加である。

現在のアルタウスにとって、王弟クラウスという存在は、非常に特殊な存在である。王弟という立場にあるにもかかわらず、王位継承順位は第一位。しかし、立太子はされていない。というのも、彼と兄である国王の父親――先代の国王が、体を壊して早くに亡くなったのだ。そのため、当時王太子であった彼の兄が、若くして国王に就くことになった。

アルタウスでは、成人王族にのみ継承権が与えられる。

それだけを聞けば、結婚相手として引く手あまたであるはずはなのに、当の本人はその気が全くない。二十五という年齢になっても、未だのらりくらりと独身を謳歌《おうか》している。つまり、現在最も彼の兄の頭が痛い問題が、クラウスの結婚だと言われていた。

「三年も戻ってこないだなんて……貴方のせいで更に年を重ねたではないですか！」

トードルトとの戦争の終結に、開催された戦勝会。もちろん、この会の主賓は、クラウスである。それなのにもかかわらず、彼は従姉であるペッシェル公爵令嬢アデリナに、開口一番文句を言われていた。

彼女は、そんなクラウスの婚約者に最も近いと言われている女性である。クラウスよりも一歳年上であるが、ペッシェル公爵家の跡取り娘であった。つまり、国王にとっては、長年独身を貫かせた可哀想な弟（と本人だけが思っている）を婿入りさせるのに、非常に都合のいい相手なのである。

とはいえ、周囲の思惑と本人たちの思いは別物である。クラウスにその気は全くないし、アデリナに至っては、長年相思相愛の恋人がいる。それも、国王の許可が取れればその相手を婿に迎えても構わないと、彼女の父親が認めた相手である。

「だから、わたしのことなど気にせず、そこの護衛騎士を婿に迎えてしまえと言っているだろう」

もちろんその決定に、クラウスとて異論はない。そもそもが、クラウスにアデリナと結婚する意志がないのだから当然である。そして、そのことは散々口にしてきたはずだ。

「それができたら、苦労しておりませんわ！　陛下に掛け合ってものらりくらりとかわされる方の気持ちにもなってくださいませ！　いい迷惑です」

眦を吊り上げて怒るアデリナに、クラウスは溜息を吐いた。

迷惑だと言われても、彼女の話を聞かないのはクラウスではない。彼が同じように兄に話しても、同じ状態なのは変わらないのである。

とはいえ、彼女が切羽詰まっているのも事実なのだろう。

「……それは、兄上がすまなかったな。わたしからも口添えしておこう」

こちらもまた、適当にいなそうとしたのが伝わったのか、アデリナがその美しい相貌に怒りを滲ませる。

「口添えしておこう……じゃありませんわ！　もう、すぐにでも結婚してください！　政略でも契約でもなんでもいいので、今すぐにでも結婚してください！」

ひどい言われようである。これでも一応王族で、彼女よりも身分は上である。それをちゃんと彼女も日ごろは理解しているが、この件に関しては容赦がない。

「……アデリナ、そなたは公爵令嬢だろう。もう少し、言い方を考えた方が」

「そんな時期はもう過ぎましたわ‼　わたくしは、もう二十六ですのよ。いくら結婚適齢期と呼ばれる年齢が上がったとはいえ、この年では立派な行き遅れですわ」

悲壮感を漂わせて髪を振り乱す勢いで突っかかる彼女に、クラウスは苦笑するしかない。

「そなたは、婿を迎える身なのだから、行き遅れも何も……」

「揚げ足取りは結構ですわ‼」

　ぴしゃりと言い切られて、クラウスは眉を下げた。

「いいですこと！　これで隣国との緊張関係も落ち着きを見せるのです。そのための戦勝会でしょう。ですから、ふらふらとしていないで、すぐにでも落ち着いてください！」

「ふらふらしているのは、わたしのせいではないのだが……兄上の代理に駆り出されるのだから仕方ない……」

　クラウスは、立太子こそされていないが、実質は王太子として活動している。アルタウスでは、王太子は国王の代理。戦があれば旗頭として先頭に立ち、重要な決め事があれば、国王の代理としてどこにでも行く。それが、今のクラウスの立場だ。

「仕方なくありません！　陛下の代理であろうとなかろうと、結婚くらいできますでしょう！」

　ビシリとアデリナが扇を突き付けた。

「……それは」

　できるかできないかと問われれば、それはできるだろう。だからといって、好ましいと思うわけでもない相手と結婚するかと問われれば、答えは「否《いな》」である。

　もちろん、クラウスとて王族の一員として、政略結婚としての婚姻を求められたのであれば、悩むまでもなく受け入れるだろう。しかし、現状彼に求められる政略結婚などありはしない。力のある家が、クラウスの後見に立つことの方が、リスクが高いためだ。

とはいえ、そんな答えをアデリナが求めているわけではないことは、クラウスもわかっている。彼女もどうしようもないとわかっていて、怒りの向け先がないだけなのだ。

これで彼女が男であったならば、婚姻という形にこだわらず、内縁の妻として好いた相手を迎えればよかっただろう。後継も婚外子として作ればいいのだ。庶子と呼ばれる存在が、家を継ぐことなど珍しくはないのが現実だ。

しかし、これがこと女性となれば話が異なる。未婚で子を為《な》したとすれば、社交界での立場が危うくなる。その子を継嗣《けいし》につけようとすれば、周りが黙っていないだろう。

そんな背景がわかるからこそ、クラウスにできるのは、彼女の愚痴を聞いてやることだけだ。

「殿下が辺境にいらっしゃる間に、何人の令嬢が婚姻を済ませたと思っておりますの？あの、『白薔薇の君』ですら婚約期間を経て先日婚姻を済ませたそうですわ！」

「彼女が……」

アデリナから出た『白薔薇の君』という名に、クラウスの胸の奥がちくりと疼く。彼女は、かつてクラウスが好ましいと思った女性。当時はまだ少女と呼べるような年齢であったが、あれから三年経った今、妙齢の令嬢となっていることだろう。

王都を離れて彼女を視界にいれなければ忘れられると思ったが、こうして名を聞くだけで心が騒《ざわ》めく。とはいえ、一度会っただけの名も知らぬ少女だ。彼の身分であれば、探すことも簡単にできた。それをしなかったのは、あの日の出会いを忘れようとしたためだ。

そんなクラウスの心情を知ってか知らずか、アデリナが、会場の端に視線を向けた。

「ほら、あちらにご夫君のランブール辺境伯閣下と一緒にいらっしゃいますわね。ランブール辺境伯閣下も今回の功労者でいらっしゃいますから……」

「なんだって？」

クラウスは、彼女の言葉に、会場内のランブール辺境伯の姿を探した。

シリル・ランブール。

アルタウスの南部地域を守護する若き辺境伯。最近までは、クラウスと共に前線に立ち、トードルト戦に活躍した人でもあり、クラウスとは寄宿学校時代の先輩後輩の間柄でもある。

まさか、そのシリルの結婚相手が『白薔薇の君』だと言うのだろうか。視線の先には、シリルと彼に寄り添う白金色の髪を持つすらりと背の高い女性が見えた。それは、クラウスが知る『白薔薇の君』ではない。

「……あれは、誰だ」

たしかに、その女性は、あの時の少女と同じ髪色をしている。しかし、同じ人物とはとても思えなかった。背の高さや体付きもそうであるが、なによりも身のこなしがまるで違ったのだ。

絞り出すように問いかけたクラウスに、アデリナが眉を顰めた。その表情は、クラウスが言っていることが理解できないと顔に書いてある。

「誰って……『白薔薇の君』ですわ。殿下も、三年前の舞踏会でご覧になったでしょう？」

「『白薔薇の君』は、白金色の髪をした小柄な少女だろう？」

あの仮面舞踏会の夜に、件《くだん》の少女は誰だと問いかけたクラウスに、『白薔薇の君』だと答えたのは紛《まぎ》れもなくアデリナだったはずだ。

「白金色の髪をした小柄な少女？　どなたかと勘違いしていらっしゃるのでは？　『白薔薇の君』は、間違いなくあの方、エルヴィーラ・フォルスト侯爵令嬢ですわ」

「……エルヴィーラ・フォルスト侯爵令嬢」

彼女が、『白薔薇の君』であるというのならば、クラウスがあの夜会で出会った少女は一体誰だったのか。なぜだかモヤモヤとしたものが、心の奥底から湧き上がって来る。

「ええ、なんでも辺境伯閣下は、長年『白薔薇の君』を思っていらっしゃったとか。先の侯爵様が亡くなられて、弟君が産まれたからとあの方が後継の座を退かれてすぐ求婚なさったという話ですわ。世紀の大恋愛だと、一時期持ち切りでしたのよ？　つい先日まで、ランブール辺境伯様と一緒でいらしたのでしょう？　婚約者の方のお名前くらいお聞きしていませんの？」

「どうだったかな。あまり記憶にないが……」

婚約者の名前など、問いかけたこともないはずだ。毎日毎日いかにしてトードルトの裏をかくかという話ばかり。彼とは顔を合わせない日はなかったが、そんな会話ばかりしていたはずだ。

「ただ、興味がなかったのではなくて？」

「……」

そう言われてしまえば否定することもできなくて、クラウスは黙るしかなかった。そもそも、クラウスは国防のための戦闘に参加していたのだ。命の危険は当時然程《さほど》なかったとはいえ、そんな呑気な話に興味もない。

「そうですわよね、そういうところがおありですもの」

クラウスの無言をどう捉えたのか、アデリナが呆れたように溜息を吐く。

「『白薔薇の君』がフォルスト侯爵令嬢であるというならば、あの少女は一体どこの誰だったんだ」

クラウスが知りたかったのは、『白薔薇の君』が誰かという話ではない。彼《か》の少女が『白薔薇の君』で婚約間近だと他でもないアデリナから聞いたために、それ以上彼女の身元を暴こうとしなかっただけ。しかし、彼女が『白薔薇の君』ではないのであれば、根本から話が変わってくる。

「彼女とは？　どなたのことです？」

クラウスの呟《つぶや》きに、アデリナが怪訝な表情を浮かべた。

「あの仮面舞踏会の日に、白金の髪の少女がいただろう。ちょうど『白薔薇の君』と同じような色合いだった。それに、アデリナ、君がその少女を『白薔薇の君』だと言ったのだ。あの場に、白金色の髪の女性はその少女以外いなかったはずだ」

クラウスが、最後にアデリナに会ったのは、公爵家で開かれた仮面舞踏会。その夜、彼が出会った少女。

クラウスの問いかけに、一瞬考え込む仕草を見せたものの、アデリナはさらりと答えを導き出した。

「あの夜の参加者をすぐにこの場で全てお答えすることはさすがにできませんけれど……わたくしが殿下との会話の中で勘違いをしたというのであれば……『白薔薇の君』の従妹《いとこ》、エイマーズ伯爵令嬢ディートリント様でしょう」

さすがは社交界に精通しているアデリナである。それだけの情報で、令嬢の名前が出てくる。

「エイマーズ伯爵令嬢？　中立派の家柄だな」

然程力を持った家という印象はないが、たまに名前が挙がる家という印象である。強硬な王権を主張する国王派と議会勢力の尊重を主張する議会派。そして、そのどちらにも所属しないのが、中立派と主に呼ばれている。

「ええ、南部の丘陵地に領地を持つ園芸を生業とする家です」

「園芸？」

園芸という言葉についつい反応してしまうのは、あの少女がひどく植物に精通していたためだ。家業もそれだと言っていたはずだ。

「ええ、主に珍しい異国の植物の栽培や、品種改良を行っているとか。最近ですと、昨年王妃陛下に献上された八重咲の薔薇が有名ですわね」

「ああ、義姉上《あね》がいたく気に入っていたあれか……」

クラウスが実際に目にしたわけではないが、昨年一度城に顔を出した際に、五月蝿《うるさ》く喋っていた記憶がある。とはいえ、クラウスが薔薇に興味があるわけではないので、さらりと聞き流したはずだ。

議会派筆頭の侯爵家出身の王妃とクラウスは、あまり仲が良好であるとは言えない。それも全て、クラウスの今の立場が理由である。

「『白薔薇の君』のお母さまが、エイマーズ伯爵のお姉さまでいらっしゃるので、非常に仲がいいという話ですわ」

「エイマーズ伯爵令嬢に、決まった相手は？」

今のアデリナの話からすれば、彼の少女はエイマーズ伯爵令嬢に違いなかった。

はやる気持ちを抑えながら、肝心なことを確認する。あれから三年という月日が過ぎているのだ。あどけない少女が羽化して美しい蝶《ちょう》に変わっていてもおかしな期間ではない。

一瞬考えるそぶりを見せたアデリナが、頭を振った。つまりは、いないということだろう。

「少なくとも婚約者がいるという話は、聞いておりませんわね。とはいえ、彼女は領地にこもりがちで、滅多に王都には出てきません。領地内に恋人がいるかまでは……」

「今日の会は、参加しているか？」

領地に籠りがちということは、この戦勝会にすら参加していない可能性もある。今日の会は、あくまでも功労者を労うためのもの。国王派や議会派の筆頭を初めとした有力な家はこの時とばかりに参加を決めるだろうが、中立派の目立たない家であれば不参加の家も少なくない。

「先ほどご家族と参加されているのを見ましたわ。分家の子爵家から今回の功労者が出たと聞いておりますので、それで参加されたのではないかと……」

つまりは、分家に騎士がいるということだ。

「エイマーズ伯爵家の分家と言えば……ゲゼル子爵家。第三騎士団の隊長だったか」

頭の中を探れば、答えはすぐに出る。騎士団のことも貴族家の系図も立場上全て入っているからだ。

「もしかして……エイマーズ伯爵令嬢と面識がおありですの？」

急に特定の令嬢のことを聞き始めたクラウスに疑問を持ったのか、アデリナが怪訝そうに問いかける。

「あの仮面舞踏会の時に少しな。といっても、名前を知ったのはたった今だが」

今さら感は非常に否めないが、それでもこうして知った以上は放ってはおけなかった。

「まぁまぁまぁ……もしかして……」

そんな彼の反応に期待を寄せたのか、アデリナの頬が高揚する。

「少し席を外す。兄上が何か言ってきたら、適当に誤魔化しておいてくれ」

そんな彼女の反応も表情も非常に煩わしくて、クラウスは彼女に背を向けた。

「ええ、もちろんですわ！　お任せくださいませ」

今まで微塵《みじん》も女性に興味を持たなかった彼が、特定の相手を気にするどころか、その相手を探すという。それは、彼の婚姻相手の最有力候補から外れたがっている彼女からすれば、渡りに船だろう。

にこにこと満面の笑みでもって手を振るアデリナを背に、クラウスは会場内を見渡した。

会場にいないとすれば、彼女がいるであろう場所は、庭園が見渡せる場所であろうと当たりをつける。そうなれば、考えられる場所はひとつしかなった。

この日の戦勝会の会場は、王宮の『薔薇の広間』と呼ばれる部屋である。舞踏会なども開かれる部屋ではあるが、何と言っても最大の特徴は、王宮の薔薇園に面した大きなテラスがあるのだ。

こうして催し物が開催されるときには、テラスの扉を開け放ち、庭と広間を一体化して使うことが多い。今日もそのようにしているためであろうか、テラスには薔薇園を見下ろす人たちの姿がある。

必ず彼女であればここにいるはずだとテラスを見渡せば、案の定テラスの端に白金色の髪の女性が並んで薔薇園を見下ろしているのが見えた。

いつの間に移動していたのであろうか、そのうちの一人は、先ほどシリルと共にいたはずの『白薔薇の君』だ。


「エル姉さま、見て！　あそこに咲いているのは、ロサ・ガリカだわ。薬用に使えるだけでなく、香料としても使えるのよ。あ、ロサ・センティフォリアもあるわ」

令嬢が二人、テラスの端から薔薇園を覗き込んでおり、そのうちの一人が、次々と薔薇を見つけては指をさしていく。艶《つや》やかな絹糸のようにも見える白金色の髪と澄んだ湖面を思わせる碧い瞳を持つ彼女たちは、よく似た姉妹のようにも見える。天真爛漫《てんしんらんまん》な妹と、それを諌《いさ》めつつも穏やかに見守る優しい姉。

しかし、本来の二人の関係は、従姉妹《いとこ》であるという。色合いが似ているのも納得である。しきりにきょろきょろと眼下を見回す妹の方は、ディートリント・エイマーズ。エイマーズ伯爵家の娘で、今年十九になる。日ごろ領地に引き籠りがちな彼女は、この日久々に王都の社交界に顔を出した。直接的な理由は、分家筋にあたる子爵家の次男が、此度《こたび》の戦争で成果を上げ、褒賞をもらうことになったためだ。

本来であれば、ディートリントまでわざわざ参加する必要はない。それにもかかわらず、ディートリントがこうして王都に出てきたのは、有名な庭をあまさず見るため。そのためであれば、好きではない社交に参加するのも仕方がないと、黙って両親についてきた。しかし現実は、王都のタウンハウスについた翌日から見合い三昧。有名な王都の庭などほとんど見ていない。

もちろん、ディートリントとて、母の気持ちもわかる。いい歳をした娘が、婚約者も決めずに土いじりばかりしているのだ。心配にもなるだろう。しかし既に食傷気味であるのにもかかわらず、追い打ちをかけるように王宮に来てまで男性を紹介されたくはない。今夜のディートリントは、王宮の庭園を見に来たのだから。

それゆえディートリントは、従姉の姿を見つけると、両親を振り切って彼女と共にこうしてテラスへと出たのだ。

ディートリントと同じ色合いを持つ従姉は、エルヴィーラ・フォルスト侯爵令嬢。いや、今は既に結婚をして、エルヴィーラ・ランブールとなっている。ランブール辺境伯夫人である。彼女の母であるフォルスト侯爵夫人の実家がエイマーズ伯爵家である縁により、二人は幼少期より実の姉妹であるかのように育ってきたのだ。

「よくこの距離で判別ができるなぁ、ディートは」

そんなディートリントの気持ちを誰よりも理解してくれる従姉は、苦笑しながらもいつものようにディートリントを褒めてくれた。少しだけ口調が男勝りなのは、エルヴィーラの特徴だ。

「だって、こんなにも明るいのですもの！　あぁ！　日中であれば、ここのお庭も散策できるのに……どうして夜会なのかしら」

庭園には、贅沢《ぜいたく》にもそこかしこにランプが灯《とも》っていて、明るさは十分にある。とはいえ、未婚の令嬢が、おいそれと一人で行ける場所でもない。

これが昼であったならば、諸手《もろて》を挙げて散策をするのに……とディートリントは歯噛みする。

「……それは言っちゃダメだろう？　そもそも今夜は戦勝会だよ。メインは、国を守る騎士たちだ」

もちろん、ディートリントとてそんなことはわかっている。

「それはそうなんだけれど、夜会ってつまらないのですもの。お母様は、この機会に男性を紹介してくるのよ？　面倒くさいったらないわ」

貴族の男性なんてみな同じだ。ディートリントが、土いじりをしていると聞くと、呆れたような、それでいてどこか見下したような態度で彼女を見るのだ。

そんな相手と結婚するくらいなら、実家の庭師とでも結婚した方がマシである。とはいえ、実家の庭師は、ベテランの祖父くらいの年齢であるが……。

「ディートも年頃だからね。叔母上も不安で仕方がないのだろうよ」

「失礼な話よね。ご自分は、恋愛結婚でお父さまと結婚なさっていると言うのに」

ディートリントの両親であるエイマーズ伯爵夫妻が、恋愛結婚であるという話は、社交界でも有名である。というのも、社交界の花と謳《うた》われたディートリントの母親が、地味で土いじりしかできない父親に惚れ込んで、追いかけて追いかけて追いかけて……婚約に持ち込んだという話が、非常に有名であるからである。

その大半は、やっかみだと言われている。

「だからこそ、色々な男性と知り合って、自分で相手を見つけてほしいのではないかな」

「……もういいの。男性は、もうこりごりだわ。ちょっと社交辞令を言われただけで本気になって浮かれていると思われるのはごめんよ。それならば、領地でひっそり一人生きていくわ」

かつて、唯一ディートリントの土いじりをバカにしない男性と知り合ったことがある。とても素敵な大人な男性で、ディートリントが行ってみたいと言った庭にも誘ってくれると言ってくれた人だ。

しかしそんな彼も、その後ディートリントの前に現れなかった。ただの社交辞令だったと気づいたのは、その年の社交シーズンが終わって領地に戻るとき。

彼は、ただ大人なだけだったのだ。だから、子供みたいなディートリントの話を黙って聞いて褒めてくれただけなのだ。それを真に受けてしまった自分が悪いだけ。

ただ、あんな思いは二度としたくない。それならば、好きな土いじりをして花を育てているだけで十分だった。

思い出しただけで、やるせない気持ちと羞恥心から瞳が潤む。それを振り切るように首を振ったディートリントの背に、第三者の声がかかった。

「それは、困るな」

「！」

それは、美しいテノール。どこか甘い響きのあるその声音は、ずっと後悔しつつも何度も思い出したもの。聞き覚えのある声に、まさかと声の主をディートリントは振り返った。

クラウス・イェルク・アルタウス。

そこにいたのは、本日の主役であるはずの王弟殿下であった。

戦勝会の開式のタイミングで壇上に上がっていたその人が、なぜこんな会場の端のテラスにいるのか。

その声と、彼の瞳の色に、あの夜の記憶が蘇る。庭園を彩るために置かれたランプに照らされたその相貌。光に照らされる艶やかな黒髪。冷え冷えとしたあまり温度を感じさせない灰褐色の瞳が、緩く細められることをディートリントは知っている。

一瞬、三年前の仮面舞踏会に舞い戻ったかのような錯覚に陥った。

「この空に輝く月のように美しい髪のレディ。どうか共に踊る栄誉をもらえないだろうか」

彼が、ディートリントの目の前に、すっと洗練された仕草で手を差し出した。大きくて武骨な、大人の男性の手。

本日の主役であるはずの彼が、会場の端にあるテラスで、ディートリントに手を差し出している。この状況に、驚きというよりもむしろ困惑が勝る。


あの夜を憶《おぼ》えていてくれたのだろうか。

それならば、どうして約束を守ってくれなかったのだろうか。

この手を取って、再び傷つかないのだろうか。

様々な気持ちが、ディートリントの中で生まれては消えていく。

再び出会う日を望んでいたはずだった。あの夜の彼と共に、再び様々な庭園を見に行ける日を楽しみにしていた。

色々と考えてしまって動けなくなってしまったディートリントを見かねてか、エルヴィーラがそっと彼女の背を押した。

あの夜の相手が、彼であったことを、エルヴィーラもまた知っている。そして、ディートリントの気持ちも……。もう一度、この手を信じてみてもいいのではないだろうか。そう思わせてくれた。

恐る恐る差し出された手を取れば、どこかほっと安堵《あんど》したような表情で、クラウスが淡く微笑んだ。

「ありがとう。辺境伯夫人、従妹殿をしばらく借り受ける」

クラウスに直接声をかけられて、一瞬瞠目《どうもく》したエルヴィーラが、にっこりと笑顔を作った。

「ええ、でもとても可愛がっている従妹なのです。決して蔑《ないがしろ》ろにはしないでください」

貴婦人然とした態度で、しっかりとそう釘《くぎ》を刺したエルヴィーラに、クラウスが苦笑する。

「もちろんそのつもりだ」

力強く頷いたクラウスが、ディートリントの手をそっと引いた。

クラウスに手を引かれて、会場の中心へと進み出る。本日の主役でもある王弟が、女性の手を引いている姿に、ざわりと会場内の空気が揺れた。

そんな空気を気にした様子もなく、クラウスがディートリントとホールドを組む。まるで二人を待っていたかのように、ゆったりとしたワルツが始まった。

「また、花を見ていたのか？」

クラウスが、ワルツのステップを危なげなく踏みながらも、そうディートリントに問いかけた。

「……覚えて、いらっしゃるのですか？」

彼が自分を憶えていてくれたということに、歓喜と困惑という相反する感情が胸を渦巻く。

覚えていてくれたのならば、どうして連絡をくれなかったのか。

ディートリントであるとわかっていたのなら、どうして連絡をくれなかったのか。

そんな言葉が出そうになって、ディートリントはぎゅっと唇を噛み締めた。

「もちろん。一度たりとも、あの夜を忘れた日はなかった」

「……本当に？」

少しばかり拗《す》ねたような口調になって、ディートリントは僅かに頬を染めた。そんな彼女の反応に、クラウスが頰を緩ませる。

「あぁ、本当はもっと早く会いに来られれば良かったのだが……」

そう言って、クラウスが眉を下げた。

そんな表情に、本当は会いたいと思ってくれたのだろうかと思ってしまう。

「……辺境地にずっと行かれていたと伺いました」

あの舞踏会の後、彼が王弟であると知った。そして、彼があの後すぐ辺境地へ戻ったとも……。

「それが、わたしの仕事だからね」

「……」

もちろん、それはディートリントもわかっている。彼が王弟であると知ったその時から、何度もそうやって自分を慰めたのだ。

王子が未成年である今、実質王太子の仕事を肩代わりしているのは、間違いなくこの王弟であるクラウスである。王太子の仕事は、国王の代理人。ひとたび戦争が始まれば、国王の代わりに前線に立たねばならぬのだ。

あの人は、社交辞令を言ったのではなく、のっぴきならない事情で戻らなければならなかったのだと。決して、社交デビューしたての少女を揶揄《からか》ってやろうなどという思いで言ったのではないと……。

「随分と遅くなってしまったが……まだ、あの日の約束が有効ならば、『輝きの庭』に誘ってもいいだろうか？」

どこか気まずげに、クラウスが恐る恐るディートリントに訊《たず》ねた。

「……社交辞令でなく？」

どうしても疑り深くなってしまうのはなぜなのか。素直に喜べばいいものの、ついついそう問いかけてしまう。いや、あえてこうしてそう口にしてしまうのは、ディートリントの矜持《きょうじ》の欠片《かけら》なのかもしれない。

そんなディートリントを責めるでもなく、クラウスは鷹揚《おうよう》に頷いた。

「もちろんだとも。当分は、王都に留まる予定だ。『輝きの庭』だけと言わず、他にも君を連れていきたい場所がたくさんある」

灰褐色の美しい瞳を細めてディートリントを見下ろした彼が、口の端を上げた。

「……本当に、よろしいのですか？」

再びそう訊《たず》ねてしまうのは、ディートリントの卑屈さか。しかし、一度彼に対して疑心暗鬼になってしまった心は、そうそう簡単に信じることはできない。

そんな彼女の反応を面倒くさがることもなく、クラウスは力強く頷いた。

「もちろんだ。付き合ってくれるな？」

クラウスに念押しされて、ディートリントは、こくりと頷いた。

「ありがとう。では、エイマーズ伯爵家に手紙を出すとしよう」

そう言って、クラウスは朗《ほが》らかに笑う。そんな彼の様子に、周囲が僅かに息を呑んで瞠目する。

くるりくるりと踊る男女が入れ替わり、ワルツはそこでフィナーレへ。曲の終わりと同時にくるりと回ると、クラウスに向かって膝を折った。

今までどんな女性にも靡《なび》かなかったクラウスが、令嬢を誘ってダンスを踊った。これを好機と捉えた令嬢たちが、我先にと彼の元へと集まっていく。

そんな彼の姿に、これ以上の会話は無理そうだと判断して、苦笑気味のクラウスに目礼する。そしてくるりと踵《きびす》を返すと、ディートリントは会場の端で楽しそうにその光景を見ていたであろうエルヴィーラの元へと戻った。


クラウスから、エイマーズ伯爵家に手紙が届けられたのは、戦勝会からすぐのことだった。王弟を示す双頭の黒鷲の紋章に、エイマーズ伯爵家が大騒ぎになったのは言うまでもない。

そうしてその一週間後に、黒塗りの馬車がエイマーズ伯爵家の門を叩いたのだった。

「わざわざ迎えに来てくださって、ありがとうございます」

ディートリントは、クラウスがただ迎えの馬車をやるのではなく、わざわざ自らがやって来たことに、驚きはしたもののどこか面映ゆい気持ちなる。

この日のクラウスは、とても貴族的な姿をしていた。厚手の上衣に上質なタイ。縁取りには銀糸が使われ、上品な装いであった。王族とは、こうあるべきなのかと一人納得しどこか気おくれしたディートリントは、クラウスがこの日のために精一杯めかしこんだことを知らない。

クラウスに手を引かれて馬車に乗り込むと、さすが王弟が使う馬車であるのか、男性的でありながらも上質な空間に仕上がっていた。その空間に見合う乗り心地でもあった。

「こちらから招待したのだ。礼を言われることではない。あー……ディートリントと名を呼んでも？」

ディートリントの向かいの席に腰を下ろしたクラウスが、そう問いかける。

「もちろんです」

あの夜は、お互い名前を告げなかった。だから、こうして確認されるとどこか感慨深くもある。

「では、ディートリントもわたしのことをクラウスと」

「お名前を、お呼びしてもよろしいのですか？」

ディートリントは、まさか名を呼ぶ許可が貰えるとは思わず、瞳を瞬かせた。相手は王弟殿下で、そうそう気安く呼べる相手ではない。そんなディートリントの困惑を気にするでもなく、クラウスは快活に笑った。

「もちろんだ。いつまでも身分で呼ばれては、堅苦しくてかなわないからな」

王弟殿下直々に『輝きの庭』に誘われただけでなく、名前を呼ぶ許可まで得てしまって、ディートリントは困ったように眉を下げた。

いつの間にか王宮の敷地に入っていたのか、馬車は止まることなく門を通過していく。それもそのはず、王弟の馬車である。止められるはずもない。そのまま奥まで進んだ馬車は、王族専用の馬車寄せで止まった。

「ここからは、少し歩くけれど大丈夫かい？」

「もちろんです」

田舎育ちのディートリントにとって、歩くことは然程辛いことではない。それに、今日はしっかりと見て回れるように、踵の低い靴を履いていた。

クラウスに手を引かれたまま、王宮の回廊を進む。時折すれ違う文官や騎士たちが、クラウスの姿を捉えてぎょっと目を見開く。それを不思議に思いながらも、王宮という目新しい世界についついきょろきょろと見渡してしまう。

回廊の奥、門番のいる特別な門を抜けたところにその庭はあった。

『輝きの庭』。

王妃管轄のこの庭は、許可を得た特別な人だけが入ることのできる場所だ。薔薇のアーチの回廊。蔦《つた》の張り巡らされたガゼボ。幾何学模様が描かれたような生垣。いたるところに小さな噴水が作られ、水音が見るものの心を和ませる。

「まぁ、素敵……」

うっとりとどこか陶酔したように庭を眺めるディートリントを、クラウスが目を細めて眺める。

珍しい植物を見つけては止まり、一向に進まない彼女に苛立つことなくクラウスは付き合ってくれた。彼にとっては、珍しくもないだろうにもかかわらず。

どうして？　三年も連絡をくれなかったのに今さらなぜ……とどこか拗ねた気持ちも、この素晴らしい庭の前では風に吹き飛ぶように消えていく。

一通り庭を回ったところで、「休憩しよう」とクラウスに誘われて、蔓薔薇の鳥かごのような形をしたガゼボへと案内される。予《あらかじ》め準備されていたのか、王宮の使用人たちの手によって、あっという間にお茶会の場が設けられた。

三段トレイにのったケーキや焼菓子。この『輝きの庭』でのみ使用されるという茶器によって提供された薫り高いお茶。そのどれもが、うっとりとするほど素晴らしい。

「あの夜お会いした方が、まさか王弟殿下でいらっしゃるとは思いもしませんでした」

あの夜の男性は、いったい誰だったのかと思い、エルヴィーラに黒髪の紳士を尋ねた時、一番初めに教えられたのがクラウスだった。どうやら、王弟殿下が参加していたようだと。

その日の服装、年齢、体格から判断して、おそらく彼であろうとエルヴィーラは断定した。

とても驚いたのだと感想を述べたディートリントに、クラウスが苦笑を漏らした。

「従姉に強制されてね。彼女には、どうにも昔から頭が上がらなくて」

ペッシェル公爵夫人は、王妹であるという。代々王女は、高位貴族に降嫁することが多いという。

「あの会の主催者のペッシェル公爵令嬢のアデリナ様でいらっしゃいますね」

引きこもりのディートリントは、直接の面識はないが、とても素晴らしい女性だというのが社交界の噂である。そして、彼女が王弟と親しい仲であるというのも有名な話であった。

「彼女も含めて、皆がそろそろ身を固めろと煩《うるさ》いんだ」

そう言って、困ったようにクラウスが溜息を吐いた。

「失礼ですが、クラウス様は、おいくつでいらっしゃいます？」

ディートリントよりも年上であることは確かだが、実際の彼の年齢をディートリントは知らない。男性の結婚適齢期は、特に決められてはいないが、決まった相手がいる場合は、二十代前半で結婚を済ませてしまうらしい。

「今年二十五になったばかりだ。ディートリントは？」

「わたくしは、もうすぐ十九になります」

まさに結婚適齢期。女性は二十を越えると行き遅れと言われるのだ。女学院時代の友人も大半が結婚しており、残っている令嬢はもう数えるほどである。

「そうか。ということは、三年前はまだ成人したばかりだったのか」

「はい。ちょうど成人の年でした。あの夜も、社交界に不慣れなわたくしを気遣って、従姉が誘ってくれたのです。顔が見えなければ、相手の身分を気にすることもないから気楽に参加できるだろうと……」

「『白薔薇の君』だな」

従姉であるフォルスト侯爵令嬢エルヴィーラは、社交界で『白薔薇の君』と呼ばれている。理由あって幼少期より男装姿で生活しており、その凛々《りり》しい男装の麗人である姿から自然と呼び名がついたのだ。

「……」

「……」

お互いに言葉を見つけられないまま、無言が続く。

そんな二人の背を押すように、夜の涼しい風が、二人の間を通り抜けていく。

先に口を開いたのは、クラウスだった。

「……その、すまなかったな」

ディートリントが、隣に立つクラウスを見上げれば、真摯な表情の彼が彼女を見下ろしていた。

「あの夜、『輝きの庭』に連れてくると約束をしたのにもかかわらず、三年も経ってしまった」

「仕方ありませんわ。辺境で、指揮をとられていたと聞きました。稀《まれ》に見るご活躍だと伺っております」

ずっと膠着《こうちゃく》状態であったのにもかかわらず、トードルトの第一王子を引きずり出し、捕虜にまでしてしまったのだ。和平交渉は、アルタウスに有利な形で締結するだろうと言われている。

「……それは、やむにやまれずにね。それしかすることがなかったとも言う」

どこか気まずげに告げられた言葉に、ディートリントは首を傾げた。

今やクラウスは英雄にも近い。長年侵略を繰り返すトードルトを退けたのだ。トードルトが、こうもアルタウスに仕掛けてくるのも、トードルトの継承争いに絡んでいると言われている。

彼の国は元来好戦的な民族で、度々王位継承争いで血が流れる国だ。ここ数年、彼の国からの侵略の頻度が増えているのも、王子たちが適齢期になったからだろうと言われている。

アルタウスに侵略し、大きな成果を残すことができれば、次代の王になるための大きな布石になるということだろう。

「こんな男は、不誠実だと思うかい？」

「不誠実、ですか？」

何をもって不誠実だと言うのか。彼を不誠実だという人は、この国にはいないだろう。それほど、彼の人気は高い。

「三年もの間、音沙汰がなかったのだ。年の離れた男が、幼気な少女を揶揄ったと捉えられてもおかしな話ではない」

「それは……」

社交辞令だったのだと思ったのは確かだ。それを馬鹿みたいに自分が本気にしてしまったのだと……。

「誓ってそんなつもりはなかった。あの時は、本気で誘うつもりだった」

真摯な瞳が、ディートリントを真っすぐに射抜く。

「クラウス様……」

「そなたと植物について語り合ったあの夜は、何にも代えがたい素晴らしいものだった」

クラウスの思わぬ一言に、ディートリントは瞳を瞬かせた。

「……わたくしも、とても楽しかったです」

夜会などちっとも楽しくないと思っていたはずなのに、あの夜だけはとても楽しかった。だからこそ、クラウスからの連絡がないことに、落胆もまた大きかったのだ。

「そう思ってもらえたのならば、嬉しい」

「……」

クラウスが、本当に嬉しそうに笑うから、ディートリントは返す言葉を失ってしまう。

「普段は、領地にいるのだろう？」

「……はい」

十九になってもまともに社交をせず、領地で土いじりばかりしている自分が、急に恥ずかしくなって、ディートリントは小さく頷いた。

「『リトルクィーン』も、実はそなたが作り出したと聞いた」

「……どうしてそれを」

リトルクィーン、それは新種の薔薇だ。八重咲の小さな薔薇であるが、独特の色合いが美しく、まるで貴婦人のドレスのようだと、ありがたくも王妃自らがその名を授けてくれたのだ。

「義姉上が教えてくれたのだ。若くとも立派な育種家《いくしゅ》なのだそうだな」

「あの子は、偶然生まれただけです」

日に何十種類と掛け合わせを行っているが、後にも先にもあれほどどうまくいったことは初めてだ。

「どんな偶然であったとしても、そこまでには地道な努力が付きものだろう。そう謙遜しては、薔薇の花もそなたの努力も、かわいそうだ」

「……ッ」

そんなことばかりしてと貶《おとし》められることはあっても、努力を褒めてくれるのは家族以外いない。いや、その家族ですら最近は難を示すほどだ。

子供の頃は認められても、大人になればそれなりの振る舞いを求められるのは仕方がないことなのだろう。

「あまり王都にいないのであれば、いる間だけでも色々見て回ると面白いだろう。国や王家が管理している庭だけでも随分とある。だから……また、そなたを誘ってもいいだろうか?」

「また、誘ってくださるのですか?」

きっと義理を果たすためだけに、誘ってくれたと思っていた。何よりも相手は王弟である。ディートリントとは年が離れているし、身分もずっと高いのだ。それにもかかわらず、次の誘いをかけられて、ディートリントは戸惑うしかない。

「迷惑でないのであれば」

「迷惑だなんて、そんな……」

クラウスとの会話は楽しい。植物や庭園についての知識も多く、知らないことを教えてくれる。

「では、許可も得られたことだし、次は『プレトリウス宮殿』の庭はどうだろう？」

「古典派王道の植物庭園ですね」

宮殿と名はついているが、数百年前に建てられたそれは、王家所有の博物館のようなものだ。その時代の典型的な庭づくりがされており、歴史的価値が非常に高い場所である。

「さすがだな。近いうちに……いや、来週にでも出かけよう。詳細は、使いを出すよ」

少し考えこんだ後にそう言い換えたクラウスに、ディートリントは戸惑いを抱えたままこくりと素直に頷いた。

第二章　王弟の結婚

王都中心部からやや北西より、貴族が挙《こぞ》ってタウンハウスを構えるエリアのはずれに、エイマーズ伯爵家のタウンハウスはある。これは、タウンハウスでも温室を作りたいと言い張った数代前の当主が建てたものだ。

とはいえ、王宮から多少遠くとも、出仕をする宮廷貴族ではないのだから何も問題はない。比較的広い敷地に、小ぢんまりとした屋敷。その外は、庭園と温室と作業小屋といった構成になっている。

そんな園芸一家のタウンハウスであるが、社交上手な当代の伯爵夫人のおかげもあり、王都では少しばかり有名でもあった。

季節の折々に開かれるガーデンパーティでは、珍しい花が咲き乱れ、参加者たちを喜ばせる。帰宅時には、領主の娘自らが作ったという小さなブーケやリース、ポプリなど植物に纏わる手土産までついているという。

話題が話題を呼び、エイマーズ伯爵家でガーデンパーティが開かれるという話が囁《ささや》かれるや否や、その会に招待されようと必死になる人たちが多くいた。

とはいえ、それ以外の時期は、大学校の研究者が細々と出入りするような静かな屋敷である。この時期のガーデンパーティまでにはまだ少し時間があり、ちょうど今の時期は庭師たちがせっせとそれに向けて手入れを行っている時だ。

何度も繰り返すが、エイマーズ伯爵は宮廷貴族ではない。つまり、この時期に王都にいるのは、非常に珍しいことであった。

当主夫妻も、娘であるディートリントも先日の戦勝会のために王都に出てきたに過ぎない。普段この屋敷には、大学校に通う兄が、悠々自適に生活している場所なのだ。

しかし、こうして家族全員がこのタウンハウスで顔を合わせているのは、ディートリントの現在の状況にあった。

今年十九になるディートリントの、婚約者選びである。そろそろ相手を決めねばと躍起になる母と、その勢いに飲まれ気味な父。そして、全力で遠慮したいディートリントの攻防が、日々行われているこの屋敷に激震が走ったのは、ディートリントが王弟クラウスに『輝きの庭』に誘われた日から一月後のことだった。

晩餐《ばんさん》の席で、父が非常に気まずげに口を開いた。

「ディートリント、そなた最近、クラウス王弟殿下と親しくしているそうだな」

そんな父の発言に、ディートリントのみならず、同席していた母と兄も顔を上げた。そんな母の顔は、満面の笑みである。ずっと心配の種であった引きこもりの娘が、今社交界で話題の的である王弟と出かけているのだ。何度も見合いを敢行しようとしていた彼女としては、及第点どころか満点以上の大逆転なのだろう。

若い頃は社交界の花であった彼女は、娘にも同じものを求めたがる。

「……はい、お父様」

そんな母の視線を気まずく感じながらも、ディートリントは小さく首肯した。

あの『輝きの庭』の散策から一週間後、クラウスからの誘いで『プレトリウス宮殿』へと出かけた。それで終わりかと思いきや、その翌週には国立植物園に誘われ、さらに翌週には国立庭園の特別観覧室に誘われた。そのどれもが素晴らしかったことは、言うまでもない。

「その……なんだ、良い関係なのか？」

「……もっとはっきりと仰ってくださいな、貴方」

はっきりしない父の問いかけに、母が口を挟んだ。

「いや……その、だな」

それでも言葉を濁す父に、母が眦を吊り上げる。言いたいことがあるのなら、早く言えということだろう。その勢いに押されてなのか、心を決めたかのように父が、重い口を開いた。

「……うむ。実はだな、王家から婚姻の打診が来ている」

それは、母にとっても予想外の言葉だったのか、彼女がその瞳を見開いた。ディートリントにとっても、寝耳に水の話である。

「……婚姻？　婚約ではなく？」

最初に問いかけたのは、一番冷静であった兄だ。とはいえ、この場の誰もが同じ思いであったであろう。

貴族ましてや王族は、きっちりと婚約期間を設けた上で婚姻をするというのが習わしだ。それを一足飛びに婚姻とは、何か問題があったと思われても可笑《おか》しな話ではない。

「あぁ、間違いなく婚姻だ。それも、随分と急いでおられるようだ」

「急いでとはどういうことです？」

急ぐとは、婚姻をということであろうか。でも、クラウスにディートリントとの結婚を急ぐ理由が思い当たらない。何かの間違いではないだろうか。

「……三か月後には籍を入れたいそうだ」

どこか気まずげに口を開いた父に、母がぎょっと目を剥《む》いた。

「三か月ですって⁉　婚約期間がそれだけ短くて、どうやって式をしろと仰るの？　ドレスを作るだけでもそれくらいは必要よ」

普通は、一年以上かけて生地から吟味し、デザインを考えて、一生に一度のドレスを作るのだ。とても三か月という期間でできるものではない。

そんな母の勢いに押されながら、父が慌てて付け加える。

「式は、改めて行うようだ。とにかく、先に籍だけでも入れたいと……」

「なんてこと！　結婚式は、女性の夢でもありますのに‼」

母が、悔し気に歯嚙みする。そんな母を見て、兄が面倒くささそうに溜息を吐いた。

「王弟殿下から、何か聞いていないのか？」

兄の問いかけに、両親の視線が、ディートリントに向けられる。三者三様、色々な思いを抱えた視線を向けられて、ディートリントは視線を伏せて頭を振った。

「いいえ……先日お会いした時には、特に何も仰っては……」

「ディート、お前が聞き逃したんじゃないのか？」

被《かぶ》せるようにそう言われて、ディートリントは、怪訝な表情を浮かべる兄を呆れたように見返した。

「そんな大事なお話を聞き逃すわけがないでしょう！　そもそも、クラウス様とはそんな関係じゃありません」

「クラウス様⁉」

三人が、ぎょっと目を剝いて、呼び名に反応する。

「お前……王弟殿下のお名前を呼んでいるのか」

少し戸惑ったように問いかけた兄に、ディートリントは思わず身を引いた。確かに、ディートリントとて初めは戸惑った。でも回を重ねるうちにそれが自然となってしまっている。

「え、えぇ……。お呼びしてもいいと許可をいただきましたので……」

「まじかよ」

兄が、まん丸に目を見開いた。

「お兄様？　そんなに、ダメだったかしら」

普通に呼んでもいいと言ったのは、クラウスの方である。何をそれほど驚かれているのか理解できないのは、ディートリントの方である。

頭が痛いとでも言うように、こめかみを揉《も》んだ兄が、顰め面でディートリントを見た。

「貴方、そのお話、もしかするともしかするかもしれませんわね」

そんな二人を横目で見ながら、母が神妙な表情で父に同意を求める。

「あぁ……」

それに、どこか呆然と父が頷いた。一人取り乱しているのは、兄だ。

「いや、結構まじな話だろう母上。だって、あの王弟殿下だぞ！」

「ちょっと、お兄様？」

話が見えなくて困惑するディートリントを他所に、彼女以外はどこか焦りさえ見え隠れする。

「いいか、ディート。お前は、領地に引きこもって土ばかりいじっているから、知らないかもしれないが、あの王弟殿下は、距離を詰めさせないことで有名なんだよ」

ずいっと身を乗り出した兄が、ディートリントに言い聞かせるように言った。

「土いじりして何が悪いのよ。エイマーズ家の跡取りのくせに、遊び歩いているお兄様に馬鹿にされたくはないわ」

成人を迎えてからというもの、頻繁に夜会やクラブに出入りする兄である。自分が社交好きだからといって、妹相手に酷《ひど》い言い草である。

「馬鹿になんてしてない。ただ、令嬢らしくないと言いたいだけだ。それに、俺は遊び歩いているわけじゃないぞ。ちゃんと社交をだな……」

どこかむっとした兄に、ディートリントは肩を竦《すく》めた。

華やかな世界が好きで社交家な兄は、完全に母親似である。これでいて、ちゃんと家のことは考えているのだから、あまり文句も言えやしない。

「はいはい。どうせ社交もできない不出来な妹ですよ」

ふんっと子供みたいに鼻を鳴らせば、兄が小馬鹿にしたような顔をする。ギリギリと睨みあいを続ける兄妹に、父が溜息を吐いた。

「二人ともいい加減になさい！」

二人の大人げない兄妹喧嘩《げんか》に、母が眦を吊り上げる。いつまでたっても子供のままなのだからと、ぷりぷりと怒っている。

「それでディート、貴女はいつ殿下のお名前をお呼びする許可をいただいたの？」

しばらく文句を言い続けて気が収まったのか、母が気を取り直して問いかけた。ひとまず状況整理をするのだろう。

「『輝きの庭』に、お誘いいただいた時です」

迎えに来てもらった馬車の中で、名前を呼ぶ許可をもらったのが最初。初めは呼ぶことに抵抗があったが、何度か回を重ねるうちに自然と慣れてしまった。

「まぁ！　それって最初からじゃないの‼」

母が、驚きの声を上げる。

「ちょっと待って、お前そんなに殿下に誘っていただいているのか？」

目をまん丸にした兄にそう問いかけられて、ディートリントは首を傾げた。

「『輝きの庭』と『プレトリウス宮殿』と、それから国立植物園に、国立庭園の特別観覧室……くらい？」

指を折って数えてみれば、この短期間で随分とお誘いを受けていることになる。このひと月、非常に有意義であったと言える。他にも行ってみたい庭園はたくさんあるが、一番主要と言われる場所は制覇したと言っていい。

「特別観覧室だって⁉」

がたりと音を立てて立ち上がった兄に、ディートリントは瞳を見開いた。

「どうしたのお兄様」

「どうしたの？　じゃないだろ‼　お前、特別観覧室だぞ‼」

何に兄が興奮しているのかわからず、ディートリントは首を傾《かし》げるしかない。

「とっても素敵だったけれど……それが何か？」

遠く離れた島国から、友好の証《あかし》にと専属の庭師と共に贈られたという樹木。特別観覧室という名の温室に、その島国特産の植物を植えて、その島国の環境を整えてしまった場所。王妃の名の元に開催されている特別観覧室に入るには、入場チケットが必要だという。

クラウスが、王妃より貰ったからとディートリントを誘ってくれたのだ。

「何かじゃねぇよ！　あの部屋に入るのに、どれだけみんなが血眼になってチケットを探していると思っているんだ！　父上だってずっと入りたいって仰っていましたよね⁉」

そう言って、兄がぐるりと父を勢いよく振り返った。いきなり話を向けられた父は、驚きつつもこくこくと頷いた。つまりは、特別観覧室に行きたかったということだ。

「それだったら、クラウス様からご家族にもって四枚チケットをいただいているわ」

「なんですって⁉」

素っ頓狂な声を上げた母と、頭を抱えた父。そして変なものを飲み込んだような表情の兄に、ディートリントは首を捻る。

「それは……また……本気かもな」

ぽつりと兄が呟いた言葉に、父と母が神妙な顔で頷いた。

◇◇◇

毛足の長い絨毯《じゅうたん》の上にもかかわらず、靴音を響かせて一人の男が部屋へと押し入った。普通であれば、許可なくこの部屋へ入室することは叶わない。それでも、彼がここに入ることができたのは、彼の身分とその必死の形相であろう。

つまり、扉の前に立つ護衛騎士たちでは、止められなかったのである。

「何事だ、クラウス。取次くらいしないか。近衛たちが困っているだろう」

ここは、この国の国王の執務室である。男にとっては、兄にあたるその部屋の主人たる国王は、弟の礼儀を欠いた行動に苦笑を漏らした。

「何事だ……じゃありませんよ、兄上。どういうつもりですか」

つかつかと兄の前まで進んだ彼は、執務机の上に一枚の絵姿を置いた。そこに描かれているのは、白金色の髪をした令嬢である。その瞳は碧色で、ひとたび植物を目にすればキラキラとそれが輝くことを彼は知っていた。

エイマーズ伯爵令嬢ディートリントである。

「あぁ、見たのか」

まさに今サインを入れようとしていた書類の上に置かれた肖像画に視線を向けて、国王は何でもないことのようにそれを退《しりぞ》けてサインを終わらせた。そんな国王の態度に、侍従が慌てて書類と肖像画を受け取った。

「見たのか……じゃありませんよ！　これは、どういうことです‼」

侍従から半ばひったくるように肖像画を奪い取ったクラウスは、国王の前に肖像画を掲げて見せた。それを少しばかり煩わしそうに見つめた後、国王は手にしたペンを置いた。

「どういうことも何もそのままだ。お前、最近この子と親しくしているそうじゃないか」

国王は、周囲に視線を向けると、手で一旦下がるようにと指示を出す。それに、慌てて侍従と文官が足早に執務室を退出していった。それを確認して、クラウスがさらに国王へと詰め寄った。

「わたしが、誰と親しくしようと兄上には関係ないでしょう！」

この肖像画は、国王の侍従直々にクラウスのところへ持ってきたもの。そこに添えられていたのは、婚姻許可証であった。

クラウスが、特定の令嬢と親しくしていれば、兄が調べを入れるであろうことは理解していた。そして、調べられてもいいとさえも思っていた。しかし、一足飛びに婚姻許可証はさすがにない。

そもそもが、まだ数回しか交流をもっていないのだ。やっとディートリントが打ち解けて警戒感も薄れてきたところであるのに、全てが水の泡である。

そんなことを一方的に捲《まく》し立てたクラウスを、兄が彼と同じ灰褐色の瞳を細めてまじまじと見た。

「ないはずがないだろう。現状お前は、継承権一位なのだからな」

「……ッ、それは」

それについては、反論することができないためか、クラウスがぐっと押し黙る。

「実質王太子であるお前に、最近親しくしている令嬢がいるというのだ。調査しない方がおかしいだろう」

悪びれることもなく、国王は椅子の背に背を預けた。

「……そうだとしても、これはやりすぎです」

婚姻許可証が発行されていると言うことは、一足飛びに結婚ができてしまうということだ。そもそも、この許可証が発行されている時点で、エイマーズ伯爵家にも少なからず話がいっているはずである。

「やりすぎなものか。わたしは、お前に早く妻を娶《めと》れと再三言ってきたはずだ」

「アデリナのことは、断ったはずです」

ペッシェル公爵令嬢であるアデリナとの婚姻を兄である国王が望んでいることは周知の事実だ。しかし、クラウスはずっとそれに「否」を言い続けてきた。

正直な話、気位の高い性格がきつい女性は好きではない。彼女が、クラウスをそういう対象として見ないからこそ親しくできているが、そうでないなら早々に関係を切っているだろう。

「あぁ、それでお前が自分で見つけてきたのだろう？　調べたところ問題もなさそうだし、影響力もさほどない。ちょうどいいと思って、話を進めておいたのだ」

「勝手なことを……」

兄の勝手な言い分に、クラウスはギリリと歯嚙みする。

「でも、いずれはそうするつもりだったのだろう？　毎週のように出かけていると聞いたぞ」

「それは……」

正直なところ、兄に知られればこうなることは簡単に予想できたはずだった。それでも、毎週のように彼女を誘ったのは、三年放置したという悪印象を払拭《ふっしょく》したかったからだ。

「婚姻に早いも遅いもない。時間をかけて一体何になると言うのだ」

呆れたように溜息を吐いた兄に、クラウスは眉根を寄せた。

「……まだ、関係が構築できておりません」

彼女の不信感は、きっとまだ払拭できていないはずだとクラウスは思っている。それも当然のことで、三年も放置していたのだから仕方がない。だからこそ、今は一足飛びではなく、時間をかけてじっくりと歩み寄りたかったのだ。

「何を悠長なことを。そんなことに時間をかけている暇は、お前にはないはずだ」

国王が、クラウスに鋭い視線を向ける。

「……トードルトとの揉め事は、落ち着いたはずです」

ここ最近の国際上の問題は、もっぱらちょっかいをかけてくる隣国トードルトだ。しかし、それも先の揉め事で、和平交渉の真っ最中だ。

「国の問題は、トードルトだけでないことは、お前もわかっているのだろう？」

そう言われてしまえば、クラウスに返す言葉はない。国王の代理としての仕事は、多岐にわたるのだ。それは、その立場に身をおいているクラウスが、一番よくわかっている。

「彼女も適齢期だと聞いた。どこか他から声がかからないとも限らないだろう。そんなことを心配しながら、お前は今まで通り仕事ができるのか？」

「……」

心配しなかったかと問われれば、答えは「否」だ。いつだって誰か他にいい人が現れるのではないかと、内心びくびくしている。特に、彼女の母親が、見合いに積極的だと聞けばなおさらであった。

「子供みたいなことを言うな、クラウス。好きな相手と添い遂げられることだけでも、光栄に思うべきだぞ。我々王族の婚姻に、自由はあまり多くはない」

「…………はい」

そう兄に諭されて、クラウスは唇を噛み締めた。

兄の言っていることも、理解できるのだ。王族としては、兄の方が正しいのだから。王族の婚姻は、柵《しがらみ》に縛られたものばかりだ。利益や権利、権力や策謀。色々なものが絡み合って成り立つもの。個人の気持ちだけで決まるものは、本当に少ない。

現に、両親は純然たる政略結婚で、母は友好国である北の大国の王女であった人であるし、兄夫婦に至っては、兄の即位が早かったために、議会派筆頭の侯爵家から妻を迎えることになった。それもこれも、国内を安定させるためだ。そこに、本人たちの意思はない。

暗に恵まれているのだと言われている気がして、クラウスは口をつぐんだ。

実際に、恵まれているのだと思う。好ましいと思う相手を妻に迎えてもいいと言われているのだ。それでも、この遣《や》り切れない気持ちは何なのか。

そんな気持ちを発散するように、クラウスは、しっかりと整えられた黒髪が、乱れるのを気にすることなく、ぐしゃりと髪を握りしめた。

「……ひとまず、エイマーズ家に行ってきます」

くるりと踵を返して、そのまま無言で執務室を出る。そんな彼の姿に、兄が口の端を上げていることは、見ないふりをした。

エイマーズ伯爵家の屋敷の前で馬を降りたクラウスは、門番へと取次を求めた。幾度とディートリントを迎えに来たクラウスの顔は、門番にも認識されており、王弟の突然の訪問に慌てた執事によって、すんなりと中へと招き入れられた。

案内されたのは、庭園が見渡せるサロン。そこから見渡せる庭は、流石《さすが》は園芸家の家として知られたエイマーズ伯爵家のもので、色とりどりの花がバランスよく咲き乱れ、一見何の品種かわからないようなものまで植わっている。

慌てて準備してきたのだろう、普段よりは幾分か簡素な姿をしたディートリントが、心なしか息を切らせてやってくる。

「……クラウス様」

「突然押しかけて、すまなかったね」

そんなディートリントの姿に、クラウスは反省する。先触れを出すのを忘れるくらい、慌てていたようである。

「いえ……」

困ったように微笑むディートリントに、クラウスは眉を下げた。

執事が、流れるような動作で二人の間に茶の準備をしていく。すべての使用人が申し合わせたように扉を少しだけ開けて退出したのを確認して、クラウスは気まずげに口を開いた。

「兄が……エイマーズ伯爵家に婚姻の打診をしたと聞いた」

「……はい」

予想通りの話に、ディートリントは静かに頷いた。こうして慌ててやってくるということは、やはり何かの間違いだったのだろうと思う。

「どうやら、わたしがそなたと親しくしていると聞いて、先走ったようだ」

そう言って溜息を吐くクラウスに、申し訳なさが募る。ディートリントが悪いわけではないが、この結果を招いたのは彼女にも一端があるはずだった。

色々な場所にクラウスが誘ってくれるのをいいことに、その誘いを受けたからだ。たとえ興味がある場所であったとしても、クラウスと過ごす時間が楽しかったとしても、ディートリントは遠慮をするべきだったのだ。また、失敗してしまった。

「……申し訳ありません」

心の底から申し訳なさが湧き上がってきて、ディートリントは、深々と頭を下げた。

「どうしてそなたが謝るのだ。そなたは何も悪くないだろう」

疲労感を滲ませた表情で、クラウスが首を振った。

「わたくしに付き合ってくださったからですよね？　だから、陛下に誤解されてしまってこのような状況に……」

クラウスも言っていたはずだった。彼の周りは、彼を結婚させたがっていると。つまり、クラウスがディートリントに親切にしてくれていたことを、周りが誤解したのだろう。

「あながち誤解というわけではないのだがな」

「え？」

予想外の否定の言葉に、ディートリントは、きょとりと瞳を瞬かせた。クラウスは、身を正すとディートリントの手を取った。

「ディートリント、もしそなたさえよければ、この話を受けてほしいとわたしは思っているよ」

「……うそ」

てっきり、この話はなかったことに……とでも言われると思っていたのに、そうでない言葉が返ってきて、ディートリントは戸惑うしかない。

「嘘《うそ》なものか。こんな歳になって、兄にお膳立てされるというのも情けないものだが、時機を見て申し込むつもりだったのだ」

そう言って、クラウスが眉を下げた。

「たしかに、まだわたしとそなたは出会って日が浅い……いや、出会うだけであれば三年前だが、こうして言葉を交わすようになったのは、まだ最近のことだ。だが、それでもそなたと過ごす時間は、かけがえのないものだった」

「……クラウス様」

「もちろん無理強いするつもりなどない。嫌だと言うなら断ってくれて構わない。ただ、わたしの気持ちだけは知っていてほしかったのだ」

ディートリントは、クラウスの真摯な瞳に見つめられて、吸い寄せられるように見つめかえした。

「そなたは、わたしと過ごす時間は苦痛だったか？」

縋《すが》るような視線を向けられて、ディートリントは慌てて首を振る。そんなクラウスの姿に、きゅんと胸の奥が疼《うず》いた。

「そんなことありません。とても楽しみでした」

楽しみすぎて、連絡を今か今かと待っていたほどだ。

「わたしもだよ。これからも、こうしてそなたと過ごしていきたい」

ぎゅっと握られた手が熱い。

王命として出された婚姻。伯爵家では断ることは難しいのは、周知の事実。

それをわかっていても、こうしてクラウス自ら足を運んでくれて、彼自ら思いを伝えてくれる。それが嬉しくて、ディートリントは、顔を赤く染めながらこくりと頷いた。

「……ありがとう。嬉しいよ」

そっと手を引かれて、クラウスの腕の中に閉じ込められる。

「必ず幸せにする」

クラウスの力強い言葉に、ディートリントは、そっと身を寄せた。


突然王命にて命じられた婚姻は、そのままとんとん拍子に進んだ。

準備期間の関係で、結婚式は後日という形になり、国王陛下の前で婚姻申請書にサインをしたものを提出しただけであった。

しかし、結婚したという事実は変わらない。

その日からディートリントは、王弟妃となり、この婚姻によってクラウスのものとなった王都の離宮で生活することとなった。

家族だけを招待した晩餐会《ばんさんかい》の後、両親と兄、そして国王夫妻を見送って、それぞれ与えられた私室へと下がった。二階の東側、手前の控えの間を過ぎるとそこがディートリントに与えられた私室だ。

室内には、書き物机と椅子、ソファとローテーブルがある。部屋の奥に扉があり、そこはディートリントだけの寝室だと言う。その寝室の奥の扉は、夫婦の寝室へと続く扉だ。

晩餐のための装いを脱いで、侍女に手を借りて湯を使う。全身くまなく洗われた後は、薔薇の香油を塗り込められる。仄《ほの》かに香る薔薇の香りは、然程きつくない。

緻密なレースの繊細な夜着を着せかけられて、その上から柔らかなガウンを羽織る。

一人掛けの椅子に腰を落ち着けると、年かさの侍女が音を立てることなく、テーブルにカップを置いた。

「こちらは、心を落ち着け、お体を開きやすくするものでございます」

つまりは、恙《つつが》なく初夜を迎えるためのもの。改めてそう言われてしまえば、ディートリントの頬に朱が走る。

貴族の婚姻とは、子を為すためにある。これが、相手が王族であれば、それはなおさらだ。これから行われることは、つまりそういうこと。緊張のあまり、カップを手に取ろうとして、カチャリと不快な音を立てた。

「あ……」

僅かにソーサーに零れたそれに、ディートリントは声を漏らした。

「大丈夫でございますよ。みな様、初めはそのように緊張されるものです」

年かさの侍女が、安心させるようにディートリントの手を握った。

「クラウス殿下は、お優しい方です。決して奥様にご無体なことはなさいません」

「……」

クラウスが、無体を働くなど考えたこともない。彼は、始終ディートリントに優しかった。こくりとディートリントが頷けば、年かさの侍女が、にこりと優し気な笑みを浮かべる。

「初めは、どうしても痛みを伴うものです。ですから、少しでもそれを取り除くために、こちらをお召し上がりください」

握った手を開かせて、年かさの侍女がディートリントにカップを握らせる。仄かに温かい温度に、少しだけ緊張した心が和らぐ。

「王家の薬剤師が調合した薬草茶でございますよ。王家に嫁がれたお方は、必ず召し上がるものです」

彼女に勧められるがままに、カップに口をつける。ふわりと香る薬草の匂いに、親しみを覚えるから不思議だ。

「……おいしい」

「それはようございました。飲みやすいようにと、長年改良されていると聞きますので、お口にあったのであればなによりですわ」

熱い飲み物を飲んだわけでもないのに、不思議と体がぽかぽかとしてくる。二杯目を飲み干したところで、ちりんと小さな鈴の音が聞こえてきた。

「あちらも準備が整ったようですわね」

年かさの侍女に手を取られて、夫婦の寝室の扉をくぐる。薄暗い室内に、クラウスがグラスを傾けているのが見えた。

「殿下、奥様の準備が整いましてございます」

侍女が、クラウスに向かって深々と頭を下げる。

「そうか、ご苦労だったな。ディートリント、こちらにおいで」

侍女が下がったのを見届けて、ディートリントはクラウスに呼ばれるがままに傍まで寄った。彼の前に立てば、そのままそっと彼の隣に導かれる。

「そなたも飲むか？」

グラスを掲げられて、ディートリントは首を振った。そんな彼女を、くつくつとクラウスが笑う。

「そんなに緊張しなくても、いきなり襲い掛かったりはしない」

「おそいか……ッ⁉」

ぎょっと身を引いたディートリントを、すかさずクラウスが抱き上げて己の膝の上に乗せた。

「ひとまず、この部屋でのそなたの指定席はここだな」

冗談交じりにそう言ったクラウスに、ディートリントが思わず身を竦める。

「……酔っていらっしゃるのですか？」

クラウスの口から、仄かに酒精が香る。じとりとクラウスを見上げれば、彼が声を上げて笑った。

「まさか！　これくらいで酔っ払ったりはしないよ」

「そうですか？」

ディートリントは、疑わし気にクラウスを見上げた。灰褐色の瞳が細くなって、そのまま唇を塞がれる。

ちゅっとリップ音を響かせて、クラウスの顔が離れた。クラウスに、口づけをされたのだと気が付いて、ディートリントはその瞳をまん丸に見開いた。そんなディートリントの姿に、クラウスが瞳を細める。

「それにしても、感慨深い」

するりとクラウスの大きな手が、ディートリントの頬を撫でる。武人としても名をはせる男の人の手だ。

意味が分からずに首を傾げたディートリントに、何でもないとクラウスが苦笑した。

「……あぁ、薔薇の香りだね」

ディートリントの髪に顔を寄せたクラウスが、すんっと鼻を鳴らした。ひと房掬《すく》い上げた髪にも、クラウスが唇を落とす。

「ディートリント」

真剣な表情で名を呼ばれて、うっとりとクラウスを眺めていたディートリントは、夢見心地のまま彼に視線を向けた。

「ディートリント、わたしの妻」

妻——という単語に、ディートリントの心臓が跳ねる。

「死がふたりを分かつまで、いや、死してなおそなたは永遠にわたしの妻だということを忘れてはいけないよ」

それは、まるで呪文のようにディートリントの心に刻みつけられる。

「……クラウス様」

「今夜が、その始まりの時なのだから」

クラウスの灰褐色の瞳に魅入られるように、ディートリントがこくりと頷けば、満足げに彼が微笑んだ。

クラウスの長い指が、器用にディートリントのガウンの結び目を解く。拘束を失った柔らかな布地は、その役目を終えてするりと彼女の肩を滑り落ちる。

残されたのは、繊細なレースが美しい夜着。

「……美しいな」

クラウスの指が、壊れ物に触れるように優しく肩のラインをなぞる。くすぐったさに、ディートリントは、僅かに体を捩《よじ》った。

薄いレースの夜着は、初夜のためのもの。新妻を清らかで美しく、そして艶《なま》めかしく見せるものだ。

レースの間からは、白い肌も胸の先端の色づきさえ透けて見える。

「……寝台に行こう、ディートリント」

腕を回されて、そのまま横抱きにされる。慌ててクラウスの首に手を回せば、彼が正解だと言うように微笑んだ。

ゆったりとしたスピードで寝台へと到達したクラウスは、そっとディートリントを横たえた。柔らかな敷布に、ディートリントの体が沈み込む。

白い敷布の上に、キラキラと輝く白金の髪が散らばる。そんな彼女の姿を、クラウスが熱い視線で見下ろした。

いつもは冷たく見える灰褐色の瞳に、ギラギラとした熱が籠る。

クラウスが、己のガウンを脱ぎ去れば、そこには均整の取れた美しい肉体が現れた。戦うものが持つ肉体だ。

国王の代理は、お飾りの存在ではない。日々騎士たちに交じって体を鍛え、剣を振るうのがクラウスの日常の一部でもあるのだ。

ぎしりと音をたてて、クラウスがディートリントの横に手をついた。それは、ディートリントに覆いかぶさる形となり、見下ろされるだけでドキドキと鼓動が大きくなる。

目を閉じれば、優しい口づけが下りてきた。初めは触れるだけの優しいもの。啄《ついば》んでは離れ、離れては戻ってくる。触れる唇は、とても柔らかいのだと、ディートリントは妙な感想を持つ。

クラウスが、彼女の夜着のリボンをそっと解いた。繊細なレースで作られたそれは、ただの布切れと化して、するりとディートリントの体を滑り落ちた。

ディートリントの体を遮るものは何もない。その美しさを惜しげもなくクラウスの眼前にさらけ出した。

真っ白な肌。細い腰。緩やかなくびれ。そして、豊かな膨らみ。つんと上を向いた胸の先端は、綺麗な赤。クラウスは、ひとつひとつ確かめるように、掌で撫でていく。初めてでもなるべく快感を拾えるようにと、丁寧に刺激する。

体の割には豊かな膨らみを、むにっと軽い力で揉んでやれば、ディートリントが声を漏らした。

「……んぁッ」

喘ぎとも言えない小さな声だが、それだけでクラウスの心臓が跳ねる。

驚かさないように、怖がらせないように、様子を見ながら肌の感触を確かめる。

「つぁ、……ッ」

つんっと立ち上がった赤い先端を口に含めば、ディートリントがさらに声を漏らした。

「どうだい？　少しは感じる？」

先端を口に含んだまま、上目遣いで問いかけたクラウスに、顔を真っ赤に染め、ぎゅっと目を瞑《つぶ》ったディートリントが、いやいやと首を振る。

その間にも、クラウスはちろちろと舌で先端を擽った。

「……ッ、わかり、ません」

小さく息を呑む姿と、掠れるような小さな声。それだけで悪戯心《いたずらごころ》が擽られる。

「ふむ。そうか。では、これはどう？」

そう言うと、クラウスはおもむろにディートリントの耳朶《じだ》を口に含んだ。

「ひゃっ」

ぴちゃりくちゃりとわざと音をたてて、耳の中に舌を入れる。耳朶を甘噛みし、耳殻をゆっくりと舐め上げれば、小さくディートリントが鳴いた。

その間にも、掌は腰のラインをたどる。大腿を撫で上げれば、びくりと体を震わせてディートリントが、体を固くする。

「大丈夫だ。酷いことは何もしない」

ぎゅっと目を閉じて、未知の感覚を耐えようとするディートリントを可愛らしく思いながらも、秘められた場所へと手を伸ばした。

「あ……んッ」

そっと秘裂に触れれば、わずかにしっとりとした潤いを感じる。

「少し……濡れてきているかな……」

王家特製の初夜の床のための薬草茶は、軽い媚薬のようなものだ。乙女の体温を上げ、興奮を促し、感覚を敏感にする。その効果が少しずつ出てきているのか、ディートリントは悩まし気な息を吐き出した。

蜜口の浅い部分に差し入れた指は、しっとりとした襞《ひだ》に包まれる。しかし、とてもではないが、このままではクラウスの雄を受け入れることはできそうもない。

指を出したり入れたりを繰り返すものの、体は依然と固いままだ。

「ふむ。ここだけでは、感じぬのだな」

乙女の体は、快感を上手く拾えないらしいと言っていたのは、一体誰であったのか。未成熟な体では、刺激を上手く変換できないのだと。

「あ……クラウス、さま……ッ」

ディートリントが、悩まし気な声音でクラウスを呼ぶ。

「大丈夫だ、ここにいる」

伸び上がって口づければ、ディートリントが不安げな顔を緩めて僅かに微笑んだ。

「女性は、こちらの方が気持ちよくなれるらしい」

そう言うと、クラウスは、漏れ出る蜜を敏感な蕾《つぼみ》に塗り付けた。

「……ッ」

ビリリと走る刺激に、ディートリントの眉間にしわが寄った。

気持ちいいという感覚よりも、それは痛みであった。繊細である場所ゆえに、刺激に慣れていない者にとっては、痛いのだ。

「……そうか、これだと痛みがあるのか」

そうぽつりと漏らすと、クラウスが体を離す。体温が離れていくことに不安になってその姿を追えば、クラウスが、大丈夫だと淡く微笑む。

「痛くても、だいじょうぶです」

初めては誰でも痛いものだと、皆が言う。であるのならば、これは必ず通る道なのだ。

そんな思いで口にすれば、クラウスが苦笑を漏らす。

「それでも、なるべく痛みは与えたくない。痛くないことに越したことはないだろう?」

「それは……」

もちろんと言いかけたところへ、クラウスがディートリントの足を、大きく割り開いた。

これにぎょっとしたのは、ディートリントである。そんなディートリントの動揺を知ってか知らずか、クラウスはためらうことなくその場所に口をつけた。

「……ッ‼」

舌先で蜜口や敏感な蕾を愛撫《あいぶ》する。指ではないもっと柔らかい器官である舌は、ディートリントに痛みを与えることはない。

「ひゃぁぁぁぁッ」

しかし、痛みはなくともその光景は強烈だ。王弟であるクラウスが、ディートリントのあらぬ場所に顔を埋めているのだ。パニックにならない方がおかしいだろう。

「だめ……ッ、そんなところ……ッ!!」

嫌だ駄目だと身を捩るディートリントを押さえつけて、クラウスは敏感な蕾を舐め、唇で扱《しご》き、蜜口に舌を差し入れて溢れた蜜を啜る。

しかし、彼女の体はそんな気持ちとは裏腹に、従順に快楽を拾って十分に蜜をこぼし始めた。

いつの間にか入るようになった指が、蜜路を何度も往復する。そのたびに、ちゅぷっと音をさせるので、そんな音すらディートリントの羞恥を煽った。

大きく隘路《あいろ》の中を指でかき回されれば、たまらず声が漏れ出る。

「あぁん……ん……ッ」

「あぁ、ここがいいのか」

ディートリントのいい場所に気が付いたのか、クラウスがその場所を執拗《しつよう》に攻める。それと同時に敏感な蕾を唇で覆われ、舌先でつつかれて、丁寧に舌で扱《しご》かれれば、ディートリントの体は、あっさりと白旗を上げた。

ぞわぞわと足先から何かが這い上がって来る感触と共に、呼吸が荒くなる。

「あ……あ、……や……だ、め……ッ、こわぃ……」

いやいやと首を横に振って刺激を少しでも逃そうとする姿が可愛らしい。それでも、クラウスに容赦するつもりなど到底なく、さらに執拗に追い上げた。

「大丈夫だ。怖くないから、このままイってしまえ」

いつの間にか二本に増やされた指で中をかき混ぜられ、敏感な蕾を柔らかい舌で愛撫されて、ディートリントの視界は真っ白な世界に放り出された。

「や……ぁ、あ……あ……っくぅ……ッ！」

ピンと伸ばされたつま先とびくびくと痙攣《けいれん》するように震える体に、ディートリントが達したのだと知る。

どっと溢れ出た愛液を纏《まと》わせて、クラウスは己の高ぶりを蜜口へと押し当てた。

この婚姻は、二人の結合でもって完成する。

「すまないな、ディートリント」

「あ……ったぁ！」

放心状態だったディートリントが、顔を顰める。こんな狭い場所に、凶器とも言えるものを入れるのだ。痛まないはずがない。

ぎゅうぎゅうと押し出そうとする力に逆らって、クラウスは時間をかけて中へと押し入った。

ぎゅうっと目を瞑るディートリントの額に、唇を落とす。瞼《まぶた》を開けた彼女の瞳は、涙目だった。

堪らなくなって、クラウスはその唇を己のそれで塞ぐ。唇を吸い、歯列をなぞり、誘い出した舌を吸い上げる。

「……んッ……ん……」

くぐもった声を漏らすディートリントに申し訳なく思いながらも、クラウスはその夜初夜を完遂させるべく、動き出す。

内部が少し馴染《なじ》んできたタイミングを見計らって、ぎりぎりまで腰を引き、最奥へと突き立てた。

「んんんぁぁん！」

「……ッ」

中が、クラウスの剛直を歓迎するように揺動する。

クラウスとしては、最高に気持ちいいが、慣れないディートリントにとっては、薬を多少使っていても辛いに違いない。

名残惜しい気持ちに何とか蓋をして、クラウスは腰を数度打ち付ける。

こぼれ出た愛液を指ですくい、結合部の敏感な蕾に塗り付ける。少しでも、ディートリントが快楽を拾えるように。

「あ……あ……や……そこ……ッ」

愛液が出れば出るほど滑りが良くなる。ぎゅうぎゅうと締め付ける内部が、早くよこせとばかりに吸い付いてくる。

「……くッ」

ひときわきつく吸い上げられて、クラウスは最奥に剛直を突き立てて、欲望を開放した。呼吸が整ってからずるりと中から引き抜けば、愛液と白濁が混ざり合ったものが一緒にこぼれ出た。そこに交じる赤いものに、悪趣味にもクラウスの口角が上がる。

未《いま》だに必要とされる乙女の証。

そんな文化を野蛮だとずっと思ってきたが、こうして実際に目にすると湧き上がる歓喜に、自分も男であったのだと実感する。

もちろん、相手がディートリントであるからこそ思うことである。これが、政略結婚で決められた相手であったのならば、そんなものかと事務的に終えたのかもしれない。

結局のところ、誰にも踏み荒らされていない自分だけの最愛の人ということが、嬉しいのだろう。こうして婚姻を結んでしまえば、誰に取られると心配することもない。永遠にクラウスだけのものなのだ。

興奮からか、どこか危なげな己の思考に苦笑しつつも、クラウスは力なく身を投げだしたままのディートリントを見下ろした。

その肌は桃色に染まり、ところどころにクラウスの執着の跡とも言える花弁が散る。

どこかぼんやりと天井を見つめるディートリントの額に、クラウスが唇を落とした。彼女の意識を自分に引きたかったというのもある。

「……疲れたかい？」

分かっていても尋ねてしまうのはなぜなのか。それでも、クラウスは聞かずにはいられなかった。

「……はい。でも、幸せでした」

「幸せ？」

予想外のディートリントの返答に、クラウスは思わず瞬《まばた》きをした。だからこそ、思わず聞き返してしまったのだ。

女性の初めては、痛みが伴うものだ。未開の地を踏み荒らされるのだから、それも仕方のないことなのだろう。これぱかりは、どんな手練《てだ》れでも難しいと聞く。

だからこそ、不安げな声音をしていたのだろう。ディートリントが、力なくへにょりと笑った。

「……好きな人と、体を繋げるって、幸せなのですね……」

それは、正面からカウンターを食らったほどの衝撃だった。

あまりの衝撃に動揺して、クラウスは手で口を覆ってそのまま固まった。

疲労感から、そのままあっさりと寝入ってしまったディートリントは、そのクラウスの心境に、気づくことはなかった。

そうして夜は更けていく。年甲斐もなく新妻に心奪われた男を一人残して……。

第三章　公爵令嬢の結婚と二人の噂

王宮の正面。

『迎えの庭』と呼ばれる場所がある。その名の通り、王宮の城門を抜けた先、馬車寄せから王宮に向かう一本道の左右に広がる庭園だ。王宮にやって来た人が、必ず最初に目にする庭だからと、こういう名がついているらしい。

城を正面に左側は迷路庭園《メイズ》が作られていて、誰でも自由に散策ができるようになっていた。綺麗に整えられた生垣に、ところどころに休憩スペースとしてガゼボが作られていて、貴婦人たちに人気がある。

ディートリントは、護衛騎士を従えて、その迷路庭園へと足を踏み入れた。ディートリントが、この場所を訪れるのは初めてではない。クラウスとの結婚が決まり、彼の兄である国王に挨拶に訪れた際に、クラウス自らが案内してくれたのだ。

そんなクラウスも、ディートリントと籍を入れて早々に国王の代理として北の大国に旅立ってしまった。北の大国は、クラウスの母である王太后の生国である。北の大国の現国王は、クラウスにとっては祖父にあたるらしい。

毎年この時期に開かれる北の大国の国王の誕生会に、国王の名代として参加するのだ。来年は、必ず共に行こうと言って出かけて行ったのは、一月前のこと。

クラウスが不在の間ディートリントは、ここ王宮で王弟妃教育を受けている。教師は主に王妃で、彼女から王族としての振る舞いや、社交の仕方を学んでいるのだ。といってもそのほとんどが実践で、茶会に駆り出される日々だ。

アルタウスの社交界における王妃の権力は絶対的だ。

王妃が主催する王宮の茶会の参加者は、基本的に社交界に名を轟《とどろ》かせている者がほとんどだ。高位貴族の令嬢であったり、何か特別な技能があったりと、力がある者が多い。それは、裏を返すと自分に自信がある者が多いため、大きな後ろ盾も持たず、特別美しくもなく、大した技能など持ち合わせていないディートリントにとっては、非常に気後れする場所でもある。

そして、クラウスの妻となったことを良く思っていない者たちは、ここぞとばかりに貴族的な表現でディートリントを貶《おとし》める。そんな会が楽しいはずもない。

今日の会も一体何を言われるのかと暗澹《あんたん》たる気持ちのまま、ディートリントは気分転換に迷路庭園を散策することにしたのだ。気分が沈んだ時は、植物のことを考えるに限る。

王妃の茶会までは、十分に時間があった。

クマシデの生垣に沿って、ゆっくりと歩く。下草が柔らかく、歩く分には不都合はない。生垣の高さもディートリントの背より少し高いくらいで、他の散策者と顔を合わせないのもありがたい。そんな生垣はクマシデだ。

ディートリントの後ろを、二人の護衛騎士がついてくる。もう少し行った先に、小さなガゼボがあったはずだと思い至って、そこで少しばかり休憩をしようかと考える。アイビーの蔦が絡むガゼボは、ティーカップの形をしていてとても可愛らしい。

そこに腰を下ろそうとすれば、護衛騎士の一人がベンチの上に手巾を置いてくれ、もう一人が日傘をさしかけてディートリントの傍らに立つ。

「……ありがとう」

こういう令嬢扱いは、正直あまり慣れていないディートリントである。領地の庭でもタウンハウスの庭でも、庭師たちに交じってどこでも座り込んでしまうのだ。もちろん、汚れても構わない服装をしているのであるが、その癖が抜けないでいる。

クラウスと出かけた際も、何度も彼を困惑させたのは恥ずかしい思い出だ。

ベンチに腰を下ろすと、目の前には動物の形を模したのであろうか、可愛らしいトピアリーが見える。その傍には、ラベンダーが咲いていて、見る者の心を和ませた。

風がそよいで、木々の葉や草花を揺らす。

ほっと息を漏らした時だった、生垣の向こう側から令嬢たちの声が聞こえてきたのは。

「所詮は、ただの田舎の伯爵令嬢じゃない」

少し甲高い声が響いて、ディートリントは思わず生垣の向こう側へ視線を向けた。とはいえ、こうしてベンチに腰を下ろしている以上、生垣の向こう側の姿は見えやしない。しかし、その特徴的な声に記憶はあった。王妃主催の茶会によく参加する令嬢だ。

レティシア・ランジュレ伯爵令嬢。ランジュレ伯爵家は、代々外交官を輩出する国王派の貴族家である。

「どうして王弟殿下は、あんな子を選んだのかしら？」

レティシアであろう令嬢の呟きに、同意するような問いがかけられる。その親しそうな様子と、こちらもまた聞き覚えのある声から、日ごろ共に茶会に参加している彼女の姉ではないかと推測する。彼女の姉は、その美貌で公爵夫人となった人だ。夫とは歳が少しばかり離れていると聞くが、その溺愛ぶりは未だ健在だという。

「わたくしが知りたいくらいよ！　あんな大したことのない容姿で！　他にも中立派の影響力のない貴族令嬢なんていくらでもいるでしょうに‼　よりによってあんな冴えない相手を」

多少声を潜めているとはいえ、レティシアが憤っている様子は伝わって来る。王妃の茶会でのディートリントへの当たりの強さを考えれば、薄々好かれてはいないだろうとは思っていたが、ここまで思われていたとは恐れ入る。いや、むしろクラウスの人気を考えれば、そうなるのも当然なのかもしれない。

　国王の名代を務める王弟と田舎の伯爵令嬢。彼女たちのように華やかな容姿を持つわけでもなく、実家に力があるわけでもない。特別な技能があるわけでもなければ、特別優秀だというわけでもない。

「アデリナ様がお相手だからこそ、みんな指を咥えて見ていたというのに……それが、あんな田舎臭い相手だなんて」

　そう吐き捨てたのまでもしっかりと聞こえて、ディートリントの護衛騎士たちがけしきばむ。今にも乗り込もうとする勢いの彼らを視線で押しとどめて、ディートリントは何もしないでと首を振った。

　ここでディートリントが出ていけば、面倒なことになることはわかり切っていた。

「ちょっとレティシア、声はもう少し抑えた方がいいわ。誰に聞かれるかもわからないのだから」

　妹がヒートアップして声量が上がったことを気にしてか、姉の方が慌てて窘《たしな》める。それでも、彼女の発言をというよりも声量についてしか明言していない以上、同じことを思っているということだ。

「だって、お姉さま。お姉さまもそう思うでしょう？　もっと早い段階で殿下が結婚を決心なさっていたら、お姉さまだって今頃は王弟妃だったかもしれないのよ？」

「……滅多なことを言うものじゃないわ」

「どうして？　うちだって伯爵家だもの。国王派に属してはいるものの、特別力があるわけでもない。あの方と何の違いもないわ」

「……わたくしは、今のままでも十分幸せよ」

小さく溜息を吐いた姉が、ぽつりと呟くようにそう言った。

「公爵の後妻として嫁ぐことが？　既に跡取りがいる相手なのよ⁉」

「あの子は、ちゃんとわたくしを母として扱ってくれるの。夫も大事にしてくれるわ」

「お嫁に行くときは、あんなにも泣き暮らしていたのに⁉」

どんどんヒートアップするレティシアと、それに反して暗く沈んでいく彼女の姉。そんな二人の会話を聞いているだけで心が痛む。

他家の内情をこれ以上聞いていられなくて、ディートリントは護衛騎士に目配せをすると、そっとその場を離れた。

きっと彼女たちだけではなく、同じように感じている令嬢は多くいるのだろう。望まぬ結婚を受け入れた者、ペッシェル公爵令嬢が相手ならと諦めた者、申し入れを断られた者など様々であろうが、クラウスの妻となったディートリントを恨めしく思っているのだ。彼女が平凡な令嬢であるからなおさら。

無言のまま迷路庭園を抜けると、ディートリントは、暗い気持ちのまま王宮へと足を向けた。この後行われる王妃の茶会が、酷く億劫《おっくう》に思われた。

とはいえ、王妃自らから招待を受けているのにもかかわらず、欠席することなどできるはずもない。そもそもが、ディートリントのために開いてもらっている茶会なのである。

そんな気持ちで参加しても、到底うまく立ち回れるはずもない。

この日は、『輝きの庭』で開催された茶会であったが、咲き乱れる美しい花々を見ても気分が上がることはない。

上座にホストである王妃が座り、その横にディートリントの席がある。本日招待された夫人や令嬢が周りを囲む円形状のガーデンテーブルゆえに、王妃の反対隣りは件の令嬢レティシアであった。

初めにその話題の口火を切ったのは、誰だったのか。いつの間にか、話題はペッシェル公爵令嬢アデリナの話に移り変わっていった。

「でも、とても意外だったわね。アデリナさんが、まさか護衛騎士とご結婚するだなんて……」

どこか呆れたような王妃の呟きに、数人の令嬢が顔を見合わせた。

彼女こそ、このアルタウスで最も高貴な女性、アルタウス国王妃である。黄金色の巻き毛と同色の瞳という華やかな色合いとそれに負けない美しい相貌。彼女にひと睨みされるだけで、どんな淑女も震え上がると言われている。そんな彼女が、否定的な発言をしたのだ。参加者たちもどう出るべきかと一瞬考えたのだろう。

ペッシェル公爵令嬢アデリナの婚姻が発表されたのは、つい先日のことである。相手は、某男爵家出身の護衛騎士。それも、婚約期間はなく突然の婚姻であったために色々な憶測が飛び交ったのだ。

アデリナといえば、王弟クラウスの配偶者候補と目されていた人物だ。

ある者は、ただの噂だったのだと言い、ある者は、自棄《やけ》になったのではないかと言う。

しかし、その当の本人たちであるペッシェル公爵令嬢夫妻は、領地で親族だけを招いた結婚式を行い、早々に蜜月を過ごすために保養地へと旅立ってしまって王都にはいない。

となれば、心無い噂をするものを止める者はいなかった。

「ええ、わたくしもとても驚きましたわ。なにぶん、アデリナ様はずっとおひとりでいらしたでしょう（結婚適齢期もとうに過ぎて、行き遅れですものね）？」

そう相槌《あいづち》を打ったのは、王妃と親しくしている侯爵夫人だ。

「お相手の護衛騎士の方は、公爵家の遠縁でいらっしゃるとか。気心が知れた方がよろしかったのでは（公爵家の権力にものを言わせたのでは）？」

侯爵夫人の言葉に追従したのは、議会派の伯爵令嬢だった。

みな表立っては口にしないが、本音のところを匂わせて発言をする。当たり障りのない言葉で包み隠すのは、後から追及を避けるためだ。

「アデリナ様と言えば、あれほどの美しさですもの。結婚相手を募れば山と立候補者が列をなすでしょうに」

そう言って、王妃の反対隣りに座るレティシアが、王妃越しにちらりとディートリントに意味深な視線を向けた。

アデリナの美しさを褒めながらも、男爵令息程度で手を打ったことを揶揄っているのか、それとも、そうせざるを得なかった理由があるのだと暗にディートリントを責め立てているのか。

今までであれば、レティシアの言葉を言葉通りに受け取っていたであろうが、先ほどの会話を聞いてしまった以上裏の意味を考えてしまう。

「列をなすといえば、貴女もそろそろでしょう。姉君は望まれて良きところへ嫁いだようですが、貴女はどうなのです？」

レティシアの言葉を受けて、王妃が彼女に話題を振った。彼女の隣に座る彼女の姉が、ぴくりと僅かに肩を揺らした。

「残念ながら、それほど熱烈に望んでくださる方がいないのです。おそらく、父の勧めに従って相手を決めることになりそうですわ」

「それは、美人姉妹を持つ父上殿は、責任重大ですわね」

レティシアの言葉に、王妃がさも愉快だと言うように笑い声を上げた。

「でも、いつどこで見初められるかなどわかりません。貴女の姉君もそうですが、ここにいる義妹《いもうと》も同じ口ですもの」

そう言って、王妃がディートリントに視線を向けた。

「……ありがたいことでございます」

淡く微笑んで視線を伏せれば、王妃が小さく溜息を吐いた。それ以上に、何と答えられようか。見初められた――という表現が正しいのかはわからないが、選んでもらったのはたしかにディートリントである。

しかし、彼女はなぜ自分が選ばれたのかがわからないのだ。

「本当に妃殿下が、羨ましいですわ。あの王弟殿下に見初められるだなんて……何が決めてでしたのでしょうね」

レティシアの言葉の裏に、何もないくせにという副音声が聞こえる気さえする。

「王妃陛下は、どうでいらっしゃいましたか？」

レティシアの姉が、そう王妃に問いかけた。

「わたくしは、幼い頃からの婚約者でありましたからね。そんな浮《うわ》ついたものではありませんでしたわね」

浮ついたと言われて、レティシアの姉が僅かに顔を引き攣らせる。

「何事も身の丈に合ったものが一番でしょう」

今の立場が、分不相応だと言われているようで、ディートリントは体をこわばらせた。

「幼い頃からの婚約者が安心です。その方が、お互いの人となりも自然とわかりますもの」

そう言って、王妃は満足げに扇を揺らした。

「そうでしょうとも。我が家も息子が婚約を結びましたのよ」

満面の笑みで同意したのは、王妃と親しい侯爵夫人だ。

「そうでしたわね。おめでたいことですわ」

「ありがとうございます。王家のお子様方は、いかがです？」

侯爵夫人の問いに、王妃は瞳を伏せた。

「わたくしは、早く決めたいといっているのですが、陛下が納得なさらなくて」

「王家の御婚約となれば、他国も関わって参りますものね」

「通常はギリギリまで決めぬようですからね」

いつ何時他国から婚約の話が舞い込むかはわからない。下手に婚約を結んでしまえば、それを解消する必要があるのだ。それは、相手の令嬢にとって不幸にしかならないというのが歴代王家の考えらしい。

「王妃陛下が、特別であったということですわね」

「どうかしら？　でも、そうであると嬉しいですわね」

侯爵夫人の言葉に、やはり満足げに王妃は頷いた。そんな王妃の態度に、次々に参加者たちが同意を伝える。

全ては、王妃を気分良くさせるための会。それが、王妃の茶会だとディートリントは認識している。

曖昧な笑みを浮かべたまま、ディートリントは彼女たちの話題に耳を傾けていた。


王妃の茶会が終われば、それで終了というわけではない。参加者たちを見送った後に、ディートリントは王妃の後について今度は王妃のプライベートな場に呼ばれるのだ。これは決まりきった一連の流れ。

そして、そこで交わされるのは、一方的な教育という名の叱責の場だ。

「ディートリントさん。貴女、先ほどの対応は何ですの？　たかが伯爵令嬢にあのように言われて……」

目の前で王妃が、大きな溜息を吐いた。頭の先から爪の先まで、一部の隙もなく整えられた姿と、その整った容姿、そしてあまり温度を感じさせない黄金色の瞳に射すくめられて、ディートリントは身を縮めた。

「……申し訳ございません、王妃陛下」

これ以外に、何と答えられようか。

ディートリントが、こうして王妃と言葉を交わすようになったのは、この王弟妃教育が初めてである。

八重咲の薔薇『リトルクィーン』を献上した時は、父である伯爵がエイマーズ伯爵家として行ったために、ディートリントは関与していない。クラウスと共に国王夫妻に挨拶に行った際も、王妃は一言も話すことはなかったのだ。

「いいですか？　貴女は、王弟妃なのですよ。このわたくしの次に高貴な女性、伯爵令嬢ごときにやり込められてどうします」

そう言って、王妃は手にした扇をパシリと鳴らした。

王妃がレティシアの発言について明言していることはわかっている。ディートリントとしては、やり込められたつもりはないが、王妃としてはそう取ったのであろう。そして、彼女の姉の話題を持ち出したのは、王妃なりの助けであったのだ。

「……はい、仰《おっしゃ》る通りです」

「貴女は、王弟であるクラウス様を陰に日向《ひなた》に支えなければならぬですよ。彼の方に変わってわたくしと共に社交界を仕切り、よりよい風向きを作るのが貴女の仕事です」

「……はい」

「それを何ですか。言われ放題で否定もせず、話題を変えることもできない。だから、あのような不快な噂ばかり蔓延《まんえん》して、こんな小さな茶会ですら言われるのですよ」

「……」

王弟は、国を空けることも少なくない。クラウス不在の今、自力でなんとかしろということだろう。それは、ディートリントにもわかっているのだ。しかし、彼女に足りないのは、圧倒的な経験であった。

仮面舞踏会の一件で、軽い男性不信になり、領地に引き籠っていた三年間が憎い。当然ながら自業自得であると言えるのだが、本当であれば母について社交というものを学ぶべきであったのだ。

「いいですか、ディートリントさん。わたくしたちは、国を動かす夫のため、ひいては国のためにあるのです」

「……はい」

胸を張った王妃が、ディートリントを睥睨《へいげい》した。

「王族たるもの、命を賭しても国のために生きよ。わたくしは、幼い頃よりこう言われて育ってきましたわ。わたくしは、幼い頃より陛下の婚約者でありましたから」

「……」

これは、王弟妃教育が始まってからというもの、幾度と聞いた言葉だ。

――王族たるもの、命を賭しても国のために生きよ――

非常に深い言葉である。

「自分の身を投げうってでも、陛下方をお守りするのが務めです。決して、邪魔をせず、迷惑にならず……国が荒れた時代は、彼の方の枷《かせ》となるくらいなら命を自ら絶てと教育されたこともあるそうですわ」

「……」

歴史を紐解《ひもと》けば、このアルタウスという国は、決して平和な国ではない。今でこそ、敵とされているのは隣国トードルトのみであるが、肥沃な土地であるがために幾度と周辺諸国に狙われ続けてきた場所でもあるのだ。

「わたくしたちは、そういう存在なのです。ですから、貴女も早く社交界くらい仕切れるようにおなりなさい」

「……はい、王妃陛下。精進いたします」

それ以外に、何が言えようか。殊勝に頭を下げたディートリントから、王妃が視線を外す。

「本当に、どうしてこんな子を妃に迎え入れたのやら。陛下もクラウス様を甘やかしすぎですわね」

ずんっと重い何かが胸へと圧し掛かる。

ディートリントが、ちゃんとできないからクラウスが悪く言われるのだ。

「……申し訳、ございません」

深々と頭を下げたディートリントに、王妃が溜息を吐いた。

「あぁ、もういいわ。今日は部屋にお戻りなさい」

もう用はないとでも言うように、王妃が手を振る。

ディートリントは、席を立つと深く腰を折ってからサロンを出た。

ディートリントを先導するように、目の前を王妃の侍女が歩く。

ここは、王宮の中でも奥まった場所で、ディートリントとその前を行く侍女以外に人の気配はない。この区画は、王族の居住区画であり、クラウスが不在の間はディートリントもここに部屋を賜っている。

警備騎士が常駐し、常に警備を行っている王宮内で最も警備の厚い場所だ。

ディートリントが、王弟妃となってひと月。クラウスは、蜜月期間を取ることなく、新たな仕事を与えられて他国へ赴いている。その間、王弟妃教育も兼ねての滞在だ。

そんな不在期間も今日までだ。予定では、明日にはクラウスが戻って来るはずであった。

侍女が、ディートリントを部屋まで送ると、そのまま一礼して退室する。

華美で豪奢《ごうしゃ》な部屋。王族が生活するのに相応しい部屋なのであろうが、ディートリントにはどうにも落ち着かない。

窓の外には、『輝きの庭』が遠くに見える。あの場所にクラウスと共に出かけたのは、もうずっと昔のことのように思えた。

◇◇◇

「今度は、ハーヴィに行けと？」

帰国早々、新たな外交の話に、クラウスは眉根を寄せた。しかし、そんなクラウスを気にすることもなく、書類を片手に兄が頷いた。

「あぁ、わたしの代わりに行って、話をつけてきてほしい」

「そんなこと、外交官にでもやらせれば済む話でしょう。ハーヴィは、形上は友好国と言ってもいい国です。わざわざわたしが出向く必要がありますか？」

バンっと力任せに執務机に手をつけば、兄が眉を下げた。

「そんなことを言うな。お前でなければ誰が話を纏められようか」

「嫌ですよ。わたしは、新婚ですよ？　今は、兄上のせいでよそよそしくなってしまった妻との時間が最優先なんです」

何とか誤解を解いてディートリントとの婚姻を済ませたものの、式もしていなければ蜜月を過ごしたわけでもない。やったことと言えば、婚姻申請書にサインをして籍を入れただけだ。

その後すぐに外交の仕事が入り、数日与えられた離宮で共に過ごしたものの、その後は離れ離れの状態である。

「確かに少しばかり先走ったと思っているが……でも、結果としては彼女を妻に迎えられただろう。大した問題ではないはずだ」

どこか面倒くさいとでも言うように、兄が胡乱《うろん》な視線を向ける。そんな兄の反応に、いら立ちが募る。

大した問題ではないどころか、大問題である。

ディートリントとの距離が詰まらないのは時間が解決しても、その肝心の時間が取れないのだ。それに加えて、時間が取れないことを理由に、あることないことを勝手に言いふらすよからぬ人もいる。

「おかげで、社交界はひどい噂で持ち切りですよ。叩いても叩いてもすぐに良からぬ噂が湧いてくる……いっそのこと不敬罪でしょっ引いた方が、早いんじゃないかと思うほどです」

ギリリと歯噛みしたクラウスに、兄が顔色を変えた。

「おいおいおいおい……ッ！　ちょっとそれは洒落《しゃれ》にならんぞ。いくら王族と言えどさすがにそれは……」

「わかっていますよ。だから地道にやっているんじゃないですか」

ひとつひとつ不穏な噂は潰している。それでも次から次へと湧いてくるのだ。苛立ちもする。

「それなのに、ちっとも我慢のできないお姫様のせいで、さらに噂が悪化しているんです。そんな環境下に、新婚の妻を置いてハーヴィになんて行けば、敵に餌を与えるようなものですよ」

ペッシェル公爵令嬢アデリナ。彼女の婚姻が発表されてから、さらによからぬ噂が加速したのだ。とはいえ、こうなることは予測できたために、一年は婚姻を待つように言っていたのだ。

しかし、婚姻の許可が出たとたんの婚姻である。それも親族だけとはいえ、結婚式も挙げたという。これは、準備していたとしか思えない暴挙である。

「いや、敵じゃないだろう。それに、ペッシェル公爵令嬢の件は、彼女も適齢期をとうに過ぎて……」

「誰のせいですか。わたしの婿入り先として変な噂が立ってしまったために、身動きが取れなかったと聞いていますよ、兄上」

「う……そうだな」

ぎろりと兄をねめつければ、多少ばつが悪そうに顔を顰めた。この件に関しては、兄なりに悪いと思っているのだろう。政治の都合とはいえ、年頃の令嬢の輝かしい時を止めていたのだ。

「とにかく、今は私事で忙しいので、お断りします」

「いやいやいや、断られると困るんだ」

「他にもいくらでも適任者はいるでしょう?」

この国にも外交官は数多《あまた》いる。今回は、難しい外交案件があるからと行ったが、結果的にクラウスでなくても良かったのだ。こんなことを繰り返していては、いつまで経ってもディートリントとの心の距離は縮まらない。

「いたら苦労しないというか、お前でないとできないと言うか……」

珍しく言い淀む兄に、クラウスは片眉を上げげた。

「なんですか、そのはっきりしない物言いは」

「うん。そのだな。実は、ここだけの話、王女に婚約の話が来ている」

「……婚約?」

ハーヴィに行けというのであれば、王女の相手はハーヴィの王子だろう。どの王子でも年齢は離れていないはずだ。とはいえ、ここでハーヴィから婚約の話が上がるのは少しばかり予想外だ。

そんなクラウスの思考を読んだのだろう、兄が端的に説明をする。

「あぁ、ハーヴィと国境を接する辺境地を除き、その他の地は間にトードルトが入る」

この国アルタウスは、三国と国境を接している。一国は、北部の大国で、こちらとは円満な関係を築いている。二人の母は、この大国の出身だ。

そして、反対側南部は、先日まで揉めていたトードルト。そして、そのトードルトを半分覆うような形で、東側をハーヴィと接している。このハーヴィと接しているのが、唯一東の辺境伯領である。

「つまり、婚姻で関係を深め対トードルトの連合をしようと言うことですか」

トードルトは、好戦的な国で、常にハーヴィもしくはアルタウスと争いを起こしている。つまりは、ハーヴィもトードルトに苦労させられているということだろう。

今回、アルタウスがトードルトに大きく勝ったことにより、それに乗っかる形でハーヴィと共に連合を組み、牽制《けんせい》しようということだろう。

「……そういうことだ。とはいえ、ハーヴィに問題がないとは言い切れない。そもそも、最低限の繋がりしかないのだ。そんな国に可愛い娘をやってもいいのか、王太子はそれに足る人物であるのかを見極めてきて欲しいのだ。もちろん、婚約の話は内密に」

国境を接しているとはいえ、あまりハーヴィと繋がりは深くない。辛うじて友好国のひとつとして扱っているが、あまり交流がないというのが現状だ。それも全て、トードルトを刺激しないため。

一番交流があるのが、やはり国境を預かる東の辺境伯領だろう。

「……友好を目的とした訪問ということですか」

表向きは、そういう体で行くということだろう。何よりも、連合の話をトードルトに感付かれるのも非常に面倒である。

「そうだ。実際には、ハーヴィの王太子との婚約をもって、新たな条約が結ばれることになるだろう。それに向けての話し合いということになるか」

「……他には、適任者がいないと？」

いないとわかっていても、つい問いかけてしまうのは、心の底から行きたくないからだ。

「国王の名代だからな」

国王の名代、それは王太子の仕事である。つまりは、事実上王太子であるクラウスがやるしかないのだ。

「……はぁ、わかりましたよ。その代わり、これが終わったら当分厄介ごとはごめんですよ」

「……善処する」

国王の曖昧な返答に、クラウスは顔を顰めた。どう考えても、改めるとは考えにくい反応にしかとれない。

「そうは言ってもだなぁ、わたしが動けないのであれば、表に裏に王弟であるお前が動く

しかないだろう。継承権で言えば第一位。立太子はするなと言われたからしていないが、

「王太子と等しい立場なのだぞ」

「王太子なんて立場ごめんですよ。有象無象が寄ってきて仕方がないじゃないですか。それに、兄上の息子の立場が難しくなりますよ」

　クラウスが、こうして王弟という身分のまま暗躍しているのは、ひとえに可愛い甥のためだ。彼らが成人した暁には、なんの柵も問題もなく立太子されるようにするため。

「それなんだよなぁ……父上が、こんなに早く亡くなりさえしなければ……」

　兄が、嘆きの声を上げる。苦労したという意味では、この兄も大変な苦労人ではある。権力の都合上、過激な性格の妻《めと》を娶らなければいけなかったことといい、魑魅魍魎《ちみもうりょう》蔓延《はびこ》る王宮で古狸《ふるだぬき》たちと対等に戦わなければいけなかったりと、若くから苦労している。

「父上に関しては、自業自得です。まぁ、そのせいで若くして国王になることになった兄上は、不憫《ふびん》だとは思いますが」

　クラウスだったら、そんな立場絶対御免である。

「だったら、もう少し精力的に手助けしてくれてもいいだろうが！」

「これまでに、随分と働いてきたつもりですがね。所詮は中継ぎの立場です。それほど求められても困ります」

　あまりでしゃばるのも良くないのだ。王妃の実家の侯爵家にチクリチクリと言われるの

も御免である。

「クラウス！」

「とにかく、今回の話はわかりました。ただ、今後は保証しません。早く第一王子に成長してもらってください」

最良なのは、正しき権利を有するものが、その座に就くことである。もちろん、当面はクラウスが導いてやる必要があるが、それでも煩いことを言うものは格段に減るはずだ。

「そんな無茶を……」

頭を抱えた兄に、いい気味だと小さくほくそ笑んで、クラウスはカップの中身を煽った。

◇◇◇

クラウスが、北の大国から戻ってきて、ディートリントは彼と共に離宮へと戻った。もちろん、王妃主催の茶会の予定はぎっしりと詰まっており、まだまだ王宮に顔を出さねばならないのは変わらない。

それでも、彼が戻ってきたというだけで、これほどほっとするのはなぜなのか。

「ハーヴィ、ですか？」

就寝前の寝台の上で、新たに聞かされた話にディートリントは瞳を瞬かせた。

「そうだ。兄上の名代でね。トードルトとの争いは決着がついたとはいえ、まだまだきな臭い。そこで、ハーヴィと手を組んでトードルトを抑え込もうという考えらしい」

やっと戻ってきたというのに、また不在になると言う。彼が忙しい身であるということは理解しているが、どうしても寂しい気持ちになるのは拭えない。

「……長くなりそうなのですか？」

「調整ごとがあるからね。少しばかり時間がかかりそうだ」

そう言って、クラウスは溜息を吐いた。

「……そうですか」

しょんぼりと肩を落としたディートリントの頬に、クラウスがそっと触れる。

「すまないな。こんな新婚の時期に再び傍を離れることになって。これが終われば、時間が取れるように兄上には話をしてあるから……どこかに二人で出かけようか」

「どこかに？」

二人で出かけようという提案に、落ち込みかけていた気持ちが少しだけ浮上する。思わず顔を上げてクラウスを見上げたディートリントに、彼が柔らかく笑みを浮かべた。

「あぁ、王領の保養地でもいいし、有名な観光地でもいい。行ってみたいところを考えておいて」

「行ってみたいところ……」

どこがあるだろうかと考えてみるものの、再びクラウスがいないということを思えば、その先のことなどまだ考えられない。

「庭が有名な場所もある。見てみたい植物があるのであれば、そこでもいい。もちろん、海辺の街も情緒があっていいがな」

各地を思い出しているのか、クラウスの口角が上がる。

「クラウス様は、色々な場所をご存じなのでしょうね」

きっとクラウスは、ディートリントの知らない世界を数多知っているのだろう。

「仕事柄、国内外を転々とすることが多いからな」

それは、本当にそうなのだろう。籍を入れてすぐに旅立った北の大国、そして今度はハーヴィへと向かうというクラウスの言葉に、国王の代理という立場の大変さを知る。その前までは、トードルトとの戦争で辺境地にいたのだ。転々とするというのは、正に字面通りだ。

本来であれば、向かう先が友好国である以上、妻同伴であっても問題はないはずだ。しかし、そうしないのは、いきなり王弟妃となったために、諸々《もろもろ》の準備や教育が追いついていないためだ。

そんな状態で、一緒についていきたいと言えるはずもない。

「景色の……、景色が良いところに行ってみたいです」

この王都は、田舎育ちのディートリントには、煩わしいことが多すぎる。できれば、誰の目もない場所でゆっくり過ごせたら……と思うのは、精神的に少しばかり疲れているからか。

王都は、見どころも多く、目新しいものも歴史的なものも色々とあるが、どうにも忙《せわ》しなく、そして落ち着かないのだ。

「景色が良いところか。色々あると思うが……そうだな、候補を考えておこう」

そう言って、クラウスが口角を上げた。

彼の大きな手が、さらりとディートリントの髪を梳《す》いた。クラウスの指に、ディートリントの白金色の髪が流れていく。

「……美しいな」

美しい……のだろうか。たしかに王都ではあまり見かけない珍しい色合いであるが、親族の多くがこの色をしているディートリントにとっては、見慣れた色である。

「クラウス様の髪色の方が、素敵です」

真っ黒な濡羽《ぬれば》色の髪。

今でこそ、国王陛下は赤銅《しゃくどう》色、王子・王女殿下は、茶色であったり黄金色であったりするが、本来の王家の色は、この漆黒なのだと言う。亡くなった先代国王もまた、この黒髪であったとか。

ただ、時代の流れと混血により、今では様々な髪色の王族が生まれてくる。それでも、古い価値観の人は、この色を国の色と神聖視する声も少なくない。

クラウスの灰褐色の瞳が、ディートリントを真っすぐに見つめる。射すくめられるような鋭い視線に、ディートリントは見つめ続けることができなくて、そっと瞳を伏せた。

ふわりと柔らかなものが唇に触れる。

初めは、触れるだけの優しい口づけ。

恐る恐る瞼を開ければ、近い距離にクラウスの灰褐色の瞳がある。そのことに驚いて、ディートリントは僅かに瞠目した。それに小さく笑ったクラウスが、再び優しく唇を落とした。

ちゅっと濡れた音がする。

唇を何度も繰り返し啄まれる。恥ずかしいような痒《むずがゆ》いような、なんとも言えない気持ちがこみ上げる。

クラウスの舌が、ディートリントの唇を割り、歯列をなぞる。そのもどかしい刺激に開いた歯の隙間から侵入した彼の舌は、奥で縮こまっていたディートリントの舌を捕らえた。

「ん……ッ」

大きな手が、ディートリントの後頭部を押さえて唇が深く重なり合う。クラウスの舌は、ディートリントの口内を縦横無尽に動き回り嘗《な》め回した。

「んん……ッ、クラウス、さま……ッ」

「ん？　どうした？」

ディートリントは、息も絶え絶えだというのに、飄々《ひょうひょう》と彼が問いかける。

「は……ッ、は……ッ」

肩で息をするディートリントに、彼が小さく笑う。

「鼻で呼吸してご覧」

「……むり、です」

そんな余裕があるはずもない。ぶんぶんっと力いっぱい首を振れば、クラウスが困ったように笑った。

「すまないな。それでも、止めてはやれない」

髪の間に指を差し入れ、クラウスがディートリントに覆いかぶさる。間近に迫ったクラウスの顔に、目を白黒させていると、優しく唇が落とされた。

「ディートリントは、可愛いな」

その後は、怒涛《どとう》であった。

何度も何度も執拗に口内を暴き立てられ、大きな掌がディートリントの体を這う。いつの間にか胸元のリボンを解かれて、クラウスが胸を鷲掴《わしづか》んだ。

「ひゃッ」

ディートリントの胸は、どちらかというと豊かな方だ。彼の大きな手に包まれても、その存在感を失ってはいない。

ぐにぐにと形が変わるほど彼の手によって揉みしだかれ、時折いたずらな指が、その先端を掠める。

「や……ッ、あ……ッ」

ディートリントの唇を啄んでいた彼の唇が、ディートリントの頬を吸い、顎を舐める。ちろちろと悪戯に首を舐めては、ちゅっと吸って痕を残す。

「やぁ……あぁ……ッ」

止めどなく漏れ出る声がどうにも恥ずかしくて、でも止められなくて、ディートリントは彼の唇から逃れようと身を捩る。しかし、それを易々《やすやす》と許すようなクラウスではない。

「そんなに動くと、こちらを食べてしまうよ」

ぱくりと胸の先端を口に含まれて、ちゅうっと吸われる。そして、濡れたものがその周辺を這い回る刺激に、ディートリントは背をしならせた。

「やぁあ……んッ」

ぴちゃりくちゃりと音をさせながら肌を舐め、ちゅっと音と立てては肌を吸う。その間もクラウスの手はディートリントの体のラインを確かめるように肌をたどる。脇腹から腰のライン、そして尻の丸み。大腿の柔らかさを確認して、脹脛《ふくらはぎ》から足首、そして爪の先へ。

いつの間にか身を下ろしたクラウスは、そのまま彼女の足の指を咥えた。

「ひゃッ……ちょ……やぁ……そんなところ……」

指の間から足の裏、そして踝《くるぶし》を通って脹脛。そのまま大腿を摑んで大きく足を割り開くと、その内側をぢゅっと音を立てて一際強く吸った。

「いっ……たぁぃ……やだぁ……つよくしないでぇ」

ぴりりとした痛みに、確実に痕がついたであろうことがわかる。しかし、可愛い妻に何と言われようと、自分のものだという証を残さぬわけもない。

クラウスは、赤く色づいたそこを、ちろちろと宥めるように舐めると、あわいへと顔を寄せた。

下着は着けていない。夫婦であれば、それが普通だと、この離宮の侍女が言ったからだ。寝るときは、夜着一枚だけ。その夜着すらも、同衾《どうきん》すればすぐにただの布切れと化す。

ぺろりと尖った部分を舐められると、何とも言えない刺激が内側から湧き起こる。

「あぁぁん！」

その場所を何度も濡れたものが往復する。時折悪戯でもするように、蜜口の中にも舌を差し入れられる。

「やぁ……あぁん……ッ、クラウス、さまぁ……ッ」

もはや口から出るのは、甘い声だけ。最早羞恥心よりも、この迫《せま》りくる淫靡な刺激から逃れたくて、ディートリントは声を上げて頭を振る。

「気持ちいいんだな、ディートリント。そのまま気持ちよくなってしまえばいい」

クラウスが、そこでふっと笑った気配がする。

ちゅぷっと音が聞こえて、その後に蜜口に彼の指が入って来る。最初はゆっくり、そして徐々に速く動くそれに、ディートリントは涙目で頭を振る。

「は……あ……やぁ……ッ」

ディートリントの隘路は、ぎゅっとクラウスの指を締め付ける。そろそろ限界が近い。どんどん迫りくるそれに、どこか恐怖を感じて、ディートリントはぎゅっと彼の腕を掴んだ。

そんなディートリントの可愛らしい仕草に、クラウスの顔が甘くとろける。

「怖くない。安心してそのままいっていい」

隘路の中で、クラウスの指が縦横無尽に動き回る。一際尖った部分をぢゅっと吸い上げると、ディートリントの視界が真っ白に染まった。

目の奥で、ちかちかと光が明滅する。

「あぁぁぁぁ……ッ‼」

ぴんと伸びた足。その足先から何かが這い上がって来るようで、ディートリントはその背をしならせた。

ぎゅっと目を瞑ってそれをやり過ごしていると、ちゅっと優しく唇が啄まれる。

「……クラウス、さまぁ」

情けないような甘えた声に、クラウスが柔らかく笑う。

「上手にイけたな」

「……うぅッ、はい」

頭を優しく撫でられて、頬が朱に染まる。婚姻してからというもの、幾度とクラウスに慣らされた体は、達することにも慣れてくるはずであった。しかし、何度経験してもこの感覚に慣れることはない。

それでも、達するとこうしてクラウスが褒めてくれる。それがなんとも面映ゆい。

「今度は、わたしも気持ちよくしてくれるか?」

そう問いかけられて、ディートリントはこくりと頷いた。手を引かれるままに身を起こすと、彼の膝に乗り上げるように密着する。

そんな彼女に優しく笑うと、クラウスが蜜口に剛直を宛てがった。

クラウスのそれは、体格に見合って大きくて太い。本当にそんなものが、中に入るのかと疑問に思うが、不思議と最後にはぴったりと合わさったように収まるのだ。

最初は、何度か入り口を入ったり出たりを繰り返したそれは、馴染んでくるとぬぷりと音を立てて隘路へと侵入する。

「あ……ッ」

敏感になった中が、その大きなものに喜んでいるのか、ぐにぐにと執拗に締め付ける。

「……くッ、相変わらず狭いな……なんて気持ちよさだ」

そのクラウスの言葉に気を良くしたのか、ディートリントの隘路がさらにきゅんっと収縮する。

中を広げられる感覚に、ディートリントは身震いした。圧迫感に、がくがくと腰が震える。内壁がその大きなものでこすられていって、その刺激がただただ気持ちいい。そして、クラウスもまた同じことを思っていることが嬉しくて、体が反応する。

とろとろと零れる愛液は、クラウスのそれに纏わりつき、隘路の襞は、中へ中へと彼を誘い込む。

ぐっと最後の一押しとばかりに奥へと進めば、良い場所に当たったのかディートリントがびくりと体を震わせた。

「あぁぁんッ」

中からの痺れるような刺激に思わず腰が引けかける。それに気づいたクラウスが、ディートリントの腰を掴んでぐっと自分に引き寄せた。

「あぁぁぁぁッ！　……んんッ」

奥まで一気に剛直が入り込み、ディートリントは堪らずに背をしならせる。

「……ぐッ」

それと同時に、中がぎゅっと締め付けて、堪らずクラウスも奥歯を噛み締めた。

「あ……あ……きゅうに、だめ……」

「もしかし、軽くイったのか？」

「だって……いっきに奥……やぁん！」

恥ずかしそうにそう言ったディートリントが可愛くて、クラウスは堪らず下から突き上げた。

「ぁ……ん、あ……」

少し引いて中に押し込む。そのたびにびくりと震える体。初めはゆっくり、そして段々と速度を上げていく。

ぎゅっとディートリントを抱き込むと、クラウスは隘路の奥を小刻みに揺さぶった。

「あ……あ……あんッ。やぁ……ッ」

縋りついてくる体が堪らなく可愛くて、力強く抱きしめて何度も奥を穿つ。

「ほら、ディートリント。自分で腰を揺らして気持ちいいところに当ててごらん」

ディートリントの耳元で、クラウスが悪魔のように囁いた。その声音はとことん甘く、淫靡だ。

「やぁ、そんなこと、できな……ッ」

やだやだと首を振るディートリントに、クラウスが小さく笑う。

「ほら、こうやって……」

クラウスは、ディートリントの腰を掴むと、下から執拗に突き上げながらも腰を回させた。動きが変われば擦れる部分も変わる。

「あ……あ……ぁ……」

ディートリントの口から、言葉にならない声が漏れる。

「ほら、気持ちいいだろう？　こうして、動いてみて」

「やぁ……できな……ッ」

そんなことできるはずもないと、ディートリントが必死に首を振る。

「ふむ。それならば……こうしよう」

聞き入れられたのかと、ほっと安堵の息を漏らしたタイミングで、何がどうなったのかもわからぬままに、体をひっくり返された。

「あぁぁぁぁぁぁぁんッ！」

状況を理解する前に、背後から圧し掛かるように隘路をクラウスの大きなもので埋められた。

みっちりとした質量は、さっきまでよりも大きくなったのではないかと錯覚するほど。

それが、今までの場所とは違う場所を擦られて、ディートリントは堪らず声を上げた。

ぴったりとディートリントの背とクラウスの胸板が合わさる。太い腕は脇の下へと回されて、逃げ場はない。

ぴちゃ、くちゅ。

クラウスが、無防備なディートリントの耳殻を舐める。はむりとそこを齧《かじ》られて、ディートリントはふるりと体を震わせた。

「あ、あ、あ、あ……」

その間にも、繋がった場所は、同じリズムで抜き差しされる。

「ディートリント」

擦れた声が、耳元で彼女の名を呼んだ。それだけで、はしたなくもクラウスの雄を締め付けてしまう。

「あ、はぅ……くらうす、さまぁ」

繋がった場所がジンジンと痺れ、下腹部に熱が籠る。

「ん、ん、んんッ」

「ディートリント」

ちゅぷりと耳の中へと舌を差し入れられると、直接脳に濡れた音が響く。羞恥心と背徳感とがない交ぜになり、段々と頭に靄《もや》がかかって何も考えられなくなってくる。

「ディートリント」

名を呼ばれ、ぎゅうぎゅうに拘束されて、まるで征服されたかのように脳が錯覚する。

「くらうすさまぁ……」

「ディートリント、……ッ」

ひときわ大きくグラインドしたクラウスが、剛直を最奥へと押し付ける。そのままグリグリと奥を押されて、先端で壁を捏ね回されれば、溜まった熱が一気に膨れ上がって放出する。

「あぁぁぁぁぁぁんッ！　やぁぁぁぁぁぁ……ッ」

ビクビクと震える体をぎゅっと抑え込むように抱き込んで、クラウスもまたパンパンに膨れ上がったそこから大量の精を最奥へと叩きつけるように放出した。

「……ぐぅッ」

クラウスは、思わず漏れ出そうになる声を、奥歯を噛み締めて何とか堪えた。最後の一滴まで絞り出し、ディートリントを潰さないように気を付けてぎゅっと包み込む。

小さな体。

こうして抱きしめてしまえば、クラウスの中にすっぽりと収まるほど華奢《きゃしゃ》な体だ。それが、堪らなく愛おしくて、無意識にぐりぐりと彼女の頭に自分の頬を擦り付ける。

「ん、クラウス様？」

荒い息のディートリントが、不思議そうな顔でクラウスを振り向いた。その少し赤くなった唇に、クラウスはちゅっと己のそれで触れた。

「んッ……」

ずるりと彼女の隘路から己を引き抜くと、ディートリントが艶めかしい声を漏らす。それにぴくりと反応しそうになった自分を戒めて、クラウスはディートリントの体を抱きしめて、そのまま寝台に転がった。

結果的にクラウスの上に乗り上げる形になったディートリントの額に張り付いた前髪を掻き分けて、クラウスはそこに唇を落とした。

「……離れがたいな」

クラウスにとって、ディートリントと過ごす時間は、堪らなく幸せな時間だった。それゆえに、ぽつりと本音が漏れる。

「クラウス様……ご無事で帰ってきてくださいね」

ぺしょりとクラウスの胸板に頬を寄せたディートリントが、小さな声でそう呟いた。

「もちろんだ。心配ない」

ぎゅっとディートリントの体に回す腕に力を込めれば、恐る恐るといった風に、彼女がクラウスに手を伸ばす。

「愛しているよ、ディートリント。何も心配はいらないから、大人しく待っておいで」

クラウスは、体を起こしてそのまま深くディートリントに口づけた。

クラウスが、国王陛下の名代としてハーヴィに旅立ってから、一週間が経過した。その間に、瞬く間に憶測が飛び交った。

もちろん、クラウスがハーヴィに行っているという話自体は公にはなっていない。それは、トードルトを警戒してのことだ。秘密裏に少数の共だけを連れて出国したクラウスの行き先を知っているのは、国王を筆頭に国の主要人物の一部だけであった。

つまりは、どこかは知らないが、クラウス王弟殿下は今まで以上に精力的に仕事をしているという認識が、社交界に広がっていったのである。

新婚であるのにもかかわらず、家に戻らない。それは、迎えた妻を後悔しているのではないか。そもそも結婚をしたのは、単に都合が良かっただけであって、妻となった相手に興味などないのではないか。そんな噂が、公然と囁かれる。

クラウスという人は、国王に次ぐ権力者である。そして、その権力をうまく使える実力者でもある。彼という人が、臣籍降下するということは、その家に莫大な権力が舞い込むことだ。

それを警戒して、ペッシェル公爵令嬢アデリナとの婚姻の話がなくなったのではないか。

力視されていた。

然程影響力がなく、害のないディートリントを選んだのだと言う話が、今最も社交界で有

だからこそ、ペッシェル公爵令嬢アデリナも、同様に実害のない婿を迎えたのだと。中には、互いの伴侶を隠れ蓑《みの》にして関係が続いているのではないか、と邪推する者まで現れる始末である。

それもそのはず、クラウスはこの地を離れ、ペッシェル公爵家の若夫婦は、新婚旅行の真っ最中で同じく王都にはいない。

噂の渦中の王弟妃が一人王都に残された状態なのであれば、言いたい放題されるも同然なのだ。社交界に不慣れな令嬢が一人生贄《いけにえ》にされたようなもの。

クラウス不在の間、王妃に招かれる茶会にのみ参加するディートリントであるが、周囲の視線はますます厳しくなるばかり。

王宮への滞在は、噂を警戒して取りやめとなった。王宮とは、最も警備の厚い場所であると共に、最も人の出入りが多い場所でもあるからだ。

それでも王妃の茶会はなくなることはない。それもそのはず、王妃がディートリントを王弟妃として認めていないからだ。それを肌で、会話の端々で感じ取っているのか、茶会の参加者たちの態度も決していいとは言えない。

心の慰めとも言える手紙が届いたのは、ちょうどそんな心が病むような毎日の中だった。

手紙の差出人は、辺境伯夫人となったエルヴィーラ。言わずと知れた『白薔薇の君』である。辺境伯の名代として、国王に謁見をした帰りなのだと言う彼女は、珍しく女性の姿をして馬車から降り立った。

それでもどこかキリリとした立ち姿は健在で、ディートリントと共に迎えに出た使用人たちが、どこか浮足立ったのが伝わって来る。

『白薔薇の君』の名は、貴族女性だけでなく、使用人界隈《かいわい》でも有名らしい。

これは、使用人たちへの贈り物だと王都の有名菓子店の菓子を執事に渡したエルヴィーラに、何人かの使用人が頬を染めた。彼女が使用人たちに流し目を送って見せたからだ。

離宮のサンルームに案内して、向かい合って腰を下ろす。

目の前に広がるのは、離宮自慢の庭園だ。ディートリントとの婚約が決まって、クラウスが彼女好みに整えさせたもの。

執事が、茶を淹れてサンルームから下がると、エルヴィーラが悩まし気に溜息を吐いた。

「社交界は、君には厳しい場所になってしまったのだね」

きっと王宮で、色々な噂を耳にしたのだろう。

社交デビューを済ませた後から領地に引き籠る間、非常に短い期間ではあったが、ディートリントも茶会だ夜会だと社交界に出入りしていた。

その時は、母であったり、エルヴィーラであったりと社交界に顔がきく人たちに連れられての参加であったため、こんな扱いを受けることはなかった。

そもそもが、エイマーズ伯爵家自体が目立つ家ではない。そこの娘が社交界デビューをしたとしても気にするものがいないのが当然なのだ。社交界での交友関係は、損得勘定で成り立っているものが大半だ。

『白薔薇の君』であるエルヴィーラと親しいがために、親しくしてくれていた人たちとの付き合いがほとんどであったが、それゆえに蔑ろにされることもなかったのだ。

「……お姉さまが馴染みすぎなのだわ」

女性の身でありながら、まるで女性が理想とする男性を体現したかのような人、それが『白薔薇の君』だ。

男性に引けを取らないほど背が高く、程よく筋肉がついて逞しく、それでいてどこか中世的な美貌。身のこなしは常に落ち着いていて紳士的でありながら、たまに茶目っ気を見せる。

女性の身であるがために、性的な匂いは一切せず、また女性の身であるがために、未婚の貴族女性が憧れを抱き、熱を上げても醜聞になることはない。まさに理想的な相手だったのだ。

もちろん、不可抗力ではあったであろうが、その役割を求められていることをエルヴィーラ自身がわかっていたからこそ、そう演じていたところもあるだろう。

小さく溜息を吐いたディートリントに、エルヴィーラが眉を下げる。

「そんなことないだろう？　ディートリント、君の考える催しは、どれもレディ達を喜ばせていたよ」

淑女教育を受けていないエルヴィーラのために王都での辺境伯家としての社交の一環を手助けしていたのはディートリントである。

夜会や茶会。既に先代の辺境伯夫人が不在の今、長年辺境伯家では王都で社交を行っていなかった。しかし、辺境伯夫人が新たに誕生した今、最小限でもやる必要に迫られたのである。

「それは、お姉さまあってのことでしょう？　ただのぽっと出の小娘なんて、ご令嬢たちにとっては邪魔でしかないもの」

淑女教育の一環で、夜会や茶会の采配の仕方は一通り学んでいる。エイマーズ伯爵家の夜会や茶会を采配する母を長年見てきたこともあり、知識としては十分だ。何と言っても、ディートリントの母である伯爵夫人は、若かりし頃は社交界の花と言われた人だ。

そんな母の手を借りれば、王都での茶会くらい大したことではなかったし、あれほど盛況だったのも、エルヴィーラの人気があってこそ。

「わたしの可愛い妹分は、随分と卑屈になってしまったようだ」

エルヴィーラが、眉を下げる。その憂い顔に、どこか責められている気持になって、デイートリントは瞳を伏せた。

「こんなに散々な扱いをされれば、卑屈にもなりますわ」

今日も王妃の茶会が開かれたと聞いている。もちろん、それはエルヴィーラが登城すると聞いて、王妃が張りきったからに他ならない。

しかしその会には、ディートリントは呼ばれなかった。ディートリントに聞かせたくない話があったのか、それとも彼女を呼べばエルヴィーラが彼女を気にすると思ったから呼ばなかったのか。

「それでも、へこたれないところが、君の強いところだよ」

エルヴィーラが、カップをソーサーに戻すと、ふっと瞳を和らげた。

「別にへこたれているわけではないのです。ただ、わたし一人で戦っても無意味なので、静観を決め込んでいるだけで……」

外出は、最低限――むしろ、王妃主催の茶会だけ。そこですら言いたい放題されるのだ、それ以外に行けばどうなることか火を見るよりも明らかだ。戦略的撤退だと、ディートリント自身は思っている。

「まぁ、そうだね。渦中の人物が二人ともいない以上、誰も彼も言いたい放題だ。せっかくの機会だから、見極めておくのがいいよ」

そう言って、エルヴィーラが意味深に笑う。

「わかっているわ。お姉さまのそういう抜け目のないところ、わたし大好きよ」

エルヴィーラは、強い。人と違うことでも突き進んでいけるし、結果を残すこともできる。ただ優しいだけではないのが、エルヴィーラという人である。

「わたしも散々言われた口だからね。人と違うことをするというのは、案外そういうものだよ」

「好きでしているわけじゃないのに……」

好きで王弟妃になったわけではない。結果的に、王弟妃になってしまっただけなのだ。初めて恋をした人が、王弟殿下だっただけのこと。

「でも、殿下のことは好きなのだろう？」

「それは……」

「それは？」

「好きじゃなければ、こんな短期間で受け入れたりしないわ」

あの仮面舞踏会の夜、大人な彼に恋をした。そして今も、ずっと恋をし続けている。

もちろん、王命を断れなかったというのもあるが、それでもあの夜がなければ、こんな気持ちにはならなかっただろう。

「それもそうだ。ディートリントは、逞しいけれど臆病な一面も持つ野兎《のうさぎ》さんだからね」

「それ、田舎者だって言いたいのね？　ひどいわ、お姉さま」

エイマーズ伯爵領は、たしかに田舎にある上に、人間よりも野生動物の方が多い地域であるが、野兎扱いとはあまりに酷い。

「そんな失礼なことを言ったつもりはないよ。それは、被害妄想というものだ」

頬を膨らませたディートリントを、カラカラとエルヴィーラが快活に笑う。

「……そうね。王都に出てきて、環境が目まぐるしく変わって、少し神経質になっているのかも。こうして離宮に引きこもっているのにも飽きてきたし、一時的にエイマーズ伯爵領にでも帰ろうかしら？」

夫の不在時に、実家に戻る。さらにあらぬことを言われる可能性はあるが、ここまでくれば今さらな気もしないでもない。

クラウスがいない今、ディートリント一人でできることがあるわけでもないのだ。どれだけ否定しても聞き入れてもらえない。それならば、好きなように囀《さえず》ってもらって、クラウスが戻ってきてから戦略を立てた方がいい。

「勇気ある撤退は重要だが、それは余計な憶測を呼び込みそうだ。そこで提案なのだが、辺境伯領に来ないかい？」

「辺境伯領に？」

予想外の提案に、ディートリントは首を傾げてエルヴィーラを見る。

「そろそろ夫が寂しがっている頃だろうからね、戻ろうかと思うのだけれど、良ければ君も遊びに来ないかい？　殿下も国外に出ているのであれば、場所によってにはなるけれど、王都には一緒に戻ってくればいい」

そう言われてみれば、そちらの方が良い気もする。

夫不在のタイミングで、従姉を訪ねると言うこと自体に、何か問題があるわけでもない。それに、ハーヴィであれば辺境伯領と国境を一部接している。戻りはクラウスと一緒なのであれば、後々の印象も多少はマシな気がする。

それに、一度は行ってみたかったのだ。エルヴィーラが嫁ぎ、惚れ込んだと言う辺境の地に。

「クラウス様に、聞いてみるわ」

クラウスからは、定期的に王家経由で手紙が届く。なんでも、兄である国王陛下への連絡に添えてディートリントへの手紙を託しているらしい。

それを聞いた時には卒倒しそうになったが、確実に手紙が届くと言う意味ではこれほど安全な手段はない。

王家経由で出した手紙は、すぐにクラウスからの返信が届いた。結果は、「諾《だく》」。

彼としても、この針の筵《むしろ》のような王都での生活を心配していたのだろう。「ゆっくり羽を伸ばすといい」と書かれた文言には、誰のせいだとの思い半分笑ってしまった。

そうと決まれば、話は早い。

優秀な離宮の使用人たちによって、あっという間に旅の準備がなされ、ディートリントは、エルヴィーラと共に辺境へと旅立つことになった。

唯一の懸念であった王弟妃教育という名の王妃のお茶会は、何の問題もなく一時的に中止となった。

これは、王家を経由したことで、クラウスの兄である国王が気を利かせて早々に口添えしてくれたらしい。おかげで、断りの手紙に頭を悩ませずに済むこととなった。

王妃から届けられたのは、メモ用紙程度の手紙と一振りの短剣。そこに書かれていたのは、何度も聞かされた言葉であった。

——王族たるもの、命を賭しても国のために生きよ——

それを見た瞬間に溜息が零れたが、旅の安全を祈願されたと信じたい。辺境地への旅とはいえ、辺境騎士団の騎士たちがついていながら、何があるとも思えない。

離宮の使用人に荷物に入れるように伝えて、ディートリントは忘れることにする。

辺境への旅は、馬車で二週間ほどかかる。

早馬の伝令であれば、馬を乗り捨てて乗り継ぐことで、三日ほどでたどり着くようであるが、今回の旅の主人は女性が二人。とはいえ、男装して男性として過ごしてきたエルヴィーラであれば、護衛騎士たちに交じって馬を駆ければ半分の一週間ほどでたどり着くらしい。

結果として、ディートリントが共に行動することによって、旅の期間が一週間延びることとなった。

「お姉さま、申し訳ありません。わたし、皆様の足を引っ張ってばかりだわ」

へにょりと眉を下げたディートリントに、エルヴィーラと筆頭護衛騎士が軽快に笑った。

「仕方ないよ、辺境はとても遠い。普通の令嬢に誰もそんなこと求めていないさ」

「わたくし共としては、若奥様にも馬車でご移動いただきたいものですがね」

壮年の筆頭護衛騎士が、やれやれと言わんばかりに肩を竦める。

辺境伯領が誇る辺境騎士団。国境を守る彼らは、選《よ》りすぐりの精鋭たちだ。その中でも実力は五本指に入ると言われているのが、今回の筆頭護衛騎士に選ばれた彼である。

辺境伯夫人エルヴィーラの王都入りに際して、彼が配置されたのは、ひとえに辺境伯がエルヴィーラを大切にしているからに他ならない。

彼以外の護衛騎士や侍女たちも、すべて戦える者たちで構成されている。

「無理無理。こんな小さな箱に押し込められて、二週間だなんて気が狂うよ」

「安全を第一にお考えいただきたいものですが、若奥様にも困ったものだ」

そう言って、筆頭護衛騎士がわざとらしく溜息を吐く。

「そんな相手を選んだのは、君たちの主人だろう？　文句は、彼に言ってほしいものだね」

胸を張ったエルヴィーラに、他の騎士たちは苦笑気味だ。

とはいえ、彼らの立場で辺境伯に文句など言えやしない。それに、こんな辺境伯夫人を彼らも内心は歓迎しているのだ。

ただ、彼らにも立場というものがある。言わねばならぬ時は、言わねばならないということだろう。

「少しは、妃殿下を見習っていただきたいものですな」

そう言われてエルヴィーラはディートリントを見た。それにつられるように護衛騎士の彼も視線を向ける。

「おや？　見た目だけであれば、それほど違いはないと思うが」

二人の視線に晒《さら》されて、ディートリントはきょとりと瞳を瞬かせた。

たしかにエルヴィーラの言う通り、彼女とディートリントはよく似ている。姿形は異なるが、色味が同じなのだ。それに同じ血を継いでいるからこそ、雰囲気もどことなく似ている。

「まずは、その恰好《かっこう》を改めてから言っていただきたい」

筆頭護衛騎士の言葉に、エルヴィーラは不思議そうに己を見下ろした。

今日の彼女の姿は、安定の男装だ。彼女のために特別に誂《あつら》えられたそれは、彼女の美しさを少しも損なうことなく、むしろその美しさを際立たせている。

この姿で現れたエルヴィーラに、離宮の女性たちが卒倒しそうなほど喜んだのは言うまでもない。

「移動に女装は不向きだろう？」

あっけらかんとそう言ったエルヴィーラに、ディートリントは苦笑を漏らす。

「……お二人とも、話の方向性が少しずれていません？　それに、お姉さまは女性の姿が一応正式なのですからね」

断じて『女装』ではないのだ。

「世の中、姿形に縛られすぎだと思うがね」

やれやれと、エルヴィーラが面倒くさそうに頭を掻いた。そんなどこか粗野な仕草も彼女がやってみせると洗練されてみえるのだから不思議だ。

「若奥様は、思考が寛大ですな」

そう言って豪快に笑った筆頭護衛騎士に、ディートリントは苦笑を深めるしかない。

「……お二人とも、似た者同士ですわね」

だからこそ、エルヴィーラが辺境の人たちに好意的に受け入れられたのだろうとも思う。

「言うねぇ、ディートリントも」

「流石は、同じ血が流れているということでしょうな」

どこか意気投合したように、エルヴィーラと筆頭護衛騎士がにやにやと顔を見合わせた。

「まぁ、とにかく、辺境伯家の使用人はみな馬で移動だ。一人伸び伸びと、馬車移動を楽しむと良いよ」

「……なんだか、申し訳ないわ」

本来ならば、一週間でついたはずの旅がその倍かかるのだ。離宮で準備したとはいえ、馬車の護衛も必要になる。

「誘ったのは、こちらだよ。それに、王弟妃が滞在したなんて、そのうち良いように使わせてもらうよ」

「それは、かまいませんが……あまりご期待には沿えない気がします」

今の状況が改善しなければ、なんのアドバンテージもない。これが、王妃であったならばまだ違ったであろう。

「はいはい。そういう難しいことは、今は考えない。気楽に過ごすことだけ考えればいいよ」

「……はい」

それでいいのだろうかと思わなくはないが、何もできないので素直に頷いておく。

「何か困ったことがあったら、いつでも声をかけて。辺境伯家の使用人も、王家の使用人に引けを取らない精鋭たちだから」

精鋭と言われても、辺境伯家の使用人という時点でとても強そうだ。それについては、何も心配していない。

「なんだか、違う意味合いに聞こえますな」

それは筆頭護衛騎士の彼もそうだったのか、茶々を入れる。

「おや、あながち間違ってないだろう？」

それには、筆頭護衛騎士は答えず、にやりと意味深に笑った。


そんな二週間の旅も、快適に過ごすことができた。旅の中で、ディートリントも辺境伯家の人たちと親しくなった。

元々が、田舎育ちのディートリントである。どんな田舎の農村でも文句を言うこともなく、野宿であったとしても淡々とこなす彼女が良かったのだろう。

旅も後半、辺境伯領と隣接するバロー子爵領で最後の宿泊となるこの日。ディートリントは、宿の一室へと案内された。

ディートリントの隣が、エルヴィーラの部屋である。

五階建ての建物の最上階、五階の部屋はすべて辺境伯家で貸し切ったという。ディートリントとエルヴィーラの部屋以外は、使用人や騎士たちが交代で仮眠をとるのに使う。

護衛騎士が、階段の前に常時警備に立ち、二人の部屋の扉前にも同様に警備の騎士が立つ。

その他にも、侍女が一人控えの間に待機するという構成となった。

この地は、有名なリゾート地の一部である。この街をスタートとして、バロー子爵領内にはいくつもの観光地が存在する。どことなく異国情緒溢れる内装は、過去にこの地が他国の一部であった時代があるからだと言う。

今となっては、国境沿いには辺境騎士団が点在し、直接隣国と国境を接する場所はない。それでも、その名残は確実にこの地に根付いていた。

しかし、そんな観光地を通ることなく、明日からは、山越えをするという。

子爵領内をぐるりと回れば、平坦《へいたん》な道があるらしいが、その道を行けばさらに日程が三日ほど伸びることとなる。

山越えをすれば宿をとる必要がなく、一日で行けるのだから、ディートリントに否やはない。山越えと言っても、きちんと整備された街道があるというのだからなおさらだ。

辺境伯領に滞在の間、ディートリントは、辺境伯領内にあるリゾート地の辺境伯家の別邸に滞在することになっている。その場所は、ちょうどこの場所から山を越えた反対側なのだ。

窓を開ければ、仄かに喧騒《けんそう》の音が聞こえてくる。どこかの店で演奏をする楽団の音や、人々の楽しそうな笑い声、そのどれもが、この領地が豊かな証だった。

「賑《にぎ》やかな街ね」

「ここは、交通の要所でもありますから。このバロー子爵領を通って、辺境伯領にも、西側の侯爵領にも出られます」

辺境伯領を越えれば、そこはハーヴィ。南西方向に隣国トードルトがある。

西の侯爵領には大きな湖があり、海に抜ける航路がある。湖を越えた先は、北の大国の領土だと説明をしてくれたのは、辺境伯家の侍女であった。

「他の街も同じような感じなのかしら？」

「それぞれの街によって特色はありますが、概《おおむ》ねこのような感じです。辺境伯領よりの街は、ハーヴィより東側の国の影響を受け、侯爵領よりの街は、さらに他国の影響が強くなりますね。王都に戻られる際は、そちらを行かれてはいかがですか？」

「そうね……」

誘ったら、クラウスは一緒に行ってくれるだろうかと考えていると、背後でどさりと何か大きなものが落ちた音がした。

大きな荷解《にほど》きの予定はなかったはずだが、なにかあったのかと後ろを振り返れば、そこには辺境伯家の侍女が倒れているのが見えた。

「どうしたの⁉　大丈夫……ッ」

ぎょっとして近寄ろうと一歩踏み出せば、背後から口を押さえられた。その動作にはためらいがなく、この手のことに慣れた者の仕業であることは一目瞭然であった。

「申し訳ないガ、静かにしてくれないカ」

少しだけ、訛《なま》りを感じる言葉。その声は低く、ディートリントを拘束する腕も太い。そんな状況に、ディートリントは息を呑んだ。

ぴったりと、ディートリントの背に張り付く人は、おそらくかなり大柄な男性だ。ディートリントは、状況を把握しようと視線だけで辺りを見渡した。

「大丈夫ダ。殺シハシテイナイ」

倒れた使用人をそっと壁際に寄せた別の男が、ディートリントにそう告げる。こちらの男の方が、ディートリントを拘束する男よりも訛りが強い。

暗色の外套《がいとう》を纏《まと》い、すっぽりとフードを被った闇に溶け込むような姿。いったい何者であるのか、ディートリントには予想もつかない。

王弟妃であるがゆえに、狙われたのであろうか。そうであるならば、どこから一体ディートリントの外出の情報が漏れ出たのか。

基本的に、ディートリントの情報は秘密事項だ。今回の外出も、知っているのは屋敷の上級使用人の一部だけ。公には、王弟の住まいである王家の離宮にいることになっているのだ。

定例の王妃の茶会は、体調不良により欠席することになっている。

ガクガクと、恐怖から足が震える。カクンっと腰が抜けそうになって、体が崩れ落ちかけたところを、背後の男が慌てることなくディートリントの体を支えた。

「驚かせてすまナイ。大人しくしてイレバ、危害を加えるつもりはナイ」

比較的訛りが少ないディートリントの背後に立つ男が、低音で語りかける。

「ソレガ、辺境伯ノ妻カ？」

訛りがより強い小柄な男が、大柄な男に問いかける。

「高貴な女性は、彼女ダケ。何よりも、この白金の髪は、この国でも貴重ダ」

「白薔薇ノ例エニ相応シイカ」

目の前の小柄な方の男が納得するように頷くと、窓の外に向かって何かを投げた。ぎゅっと手の中の綱を引っ張る動作をする。

「これから、我々はそなたを誘拐スル。何度も言うが、危害を加えるつもりはナイ。だから、大人しくしていてクレ」

背後の男が、ディートリントにそう言うが否や、ばさりと何かを頭上から被《かぶ》せられて、そのまま抱えあげられる。体がぐらりと揺れて、小さく悲鳴が漏れた。

「行クゾ」

もう一人の男の声なのか、それとも別の人がいるのか、その誰かの声で、男が一歩進みでると、窓枠に足をかけた。

「飛ぶゾ」

それは、ディートリントに向けた言葉なのか、はたまた別の誰かへなのか、彼のその言葉の後に、体がふわりと宙を舞う。声にならない悲鳴を上げたディートリントに、男が小さく笑ったような気がした。

第四章　野盗集団と隣国の思惑

あれからどれくらいの時間が過ぎたのだろうか。窓の外は、依然として暗いままであった。

気が付けば気を失っていたディートリントは、見慣れぬ場所で目を覚ました。

薄暗い部屋の一室。どこかの宿、という雰囲気ではない。

ディートリントが寝かされている寝台と、その傍らには書き物机がひとつ。部屋の奥には、埃避けの布がかけられているが長椅子がある。窓には古びた厚手のカーテンがかけられていて、火の気のない暖炉のマントルピースには、どこかの家の紋章が彫られていた。よくあるこの国の古い屋敷の内装だ。

幸いなことに、拘束されているわけではないようで、衣服に変化もない。連れ去られはしたものの、ここに監禁されている――というのが、表現としては正しそうだった。

気になるのは、エルヴィーラを含めた他の者たちの安否である。

殺しはしないと言った男の言葉を信じるのであれば、侍女の身も無事であると信じたい。

それでも、彼女が倒れていたのを思い出すだけで体が勝手に震えだす。

ディートリントは、震える手足に叱咤激励《しったげきれい》して、何とか寝台からおりた。掃除がされていないのか、ふわりと埃が舞い上がる。

どうしてこんなことになってしまったのか。

ディートリントが、浅はかにもエルヴィーラについていきたいと思ってしまったからいけなかったのか。

だからこそ、報いを受けたのだろうか。

色々な思いや後悔が、ディートリントの頭の中を巡る。

このまま、自分はどうなってしまうのだろうか。本当に、無事に帰ることができるのだろうか。

古びた一人掛けの椅子に座って膝を抱える。幸いだったのは、誰もこの部屋に入ってこないことだろう。

扉の向こうからは、微かに人の話し声と物音が聞こえてくることを考えると、見張りがいることは間違いない。

このまま、ここで大人しく助けが来るのを待つべきなのか。それとも、何とかして逃げる手段を考えるべきなのか。

彼らは、間違いなくディートリントをエルヴィーラだと思っている。それは、連れ去られる前の彼らの会話から想像することだ。彼らの狙いは、辺境伯夫人エルヴィーラ。エルヴィーラを白薔薇と呼んだことを鑑《かんが》みると、どうやら彼女の異名を知っていると言うことだ。

『白薔薇の君』が、白金色の髪からきていることは非常に有名な話だ。

とはいえ、辺境伯夫人が、男装姿でいるとはとても思わないだろうし、ディートリントとエルヴィーラは従姉妹であるため髪色は同じ。そして何よりも、この一行にディートリントが急遽《きゅうきょ》加わったことは、一部を除き、誰も知らない事実なのだ。

辺境伯夫人を誘拐し、辺境伯と交渉する。

独特な彼らの訛りからすると、彼らはこの国の人間ではないことは明白だ。となると、彼らは、ハーヴィかトードルトの人間である可能性が高い。ハーヴィとトードルトとは、遡れば同じ一つの国で、使われている言語は同じ。人種もほぼ一緒であると言える。

となると、外見や言葉だけで国を見分けることは難しい。

可能性だけで考えてみも、それは同じこと。ハーヴィとアルタウスが同盟を強めることを警戒するトードルトの人たちなのか、そもそもアルタウスとの同盟に反対しているハーヴィの人たちなのか。

ただ、どちらであったとしても、ディートリントがこうして彼らの手の内にある以上、クラウスの面倒になることは間違いない。

ディートリントの口から、深い溜息が漏れた。

何かに導かれるように顔を上げると、視界に古いカーテンが映る。色あせたそれは、最初は総刺繍が施された立派なものだったのであろう。草花が刺繍されたそれをぼんやりと眺めていると、その中のひとつが目に留まった。

「……青いデルフィニウム」

どこか薄く黄ばんでしまったそれは、あの仮面舞踏会でクラウスと見たデルフィニウムだろう。青いデルフィニウムは、幸福の象徴。その近くには、ヤグルマギクも見える。

そっと窓辺に近寄れば、眼下には荒れ果てた庭園が見えた。この屋敷が使われていた時代には、この庭園もこのカーテンのように草花が咲き誇っていたのだろうか……。

カーテンのデルフィニウムに触れれば、いくつか歪みが見える。明らかに本職の手業ではないそれに、ふっとなぜか体の力が抜けた。

現実はここにある。

そう思えば、いつの間にか体の震えは止まっていた。


――王族たるもの、命を賭しても国のために生きよ。――

王妃の言葉が頭を過る。

決して、邪魔をせず、迷惑にならず、枷《かせ》となるくらいなら命を自ら絶て。つまり、あれはこういう時のための助言だったのかもしれない。けれども、それはディートリントの選ぶ現実だとは思えない。

ディートリントの世界は、この植物の中にある。なったばかりの王弟妃という立場でもなく、誘拐や命の危険といった非日常的な毎日が溢れる世界でもない。

「……逃げるしかない」

ディートリントが、勝手に辺境伯領に来たことでクラウスに、ひいては国家に迷惑がかかるのは望むところではない。それならば、たとえ危害を加えられようとも、無事ですまなくても、できることをやった方がいい。

寝台の上の薄いシーツを裂いて結び目を作る。そして、長いロープのようにして、片方を寝台の脚に結んだ。

こうしていると、幼い頃にエルヴィーラと共に『塔のお姫様』ごっこと称して、二階から飛び下りたことを思い出す。あの時は、無事に着地できたはいいものの、スカートの裾を木の枝に引っ掛けて裂いてしまい、事の次第が母の知るところとなり、こっぴどく叱られた。

そう考えれば、エルヴィーラは当然ながら、ディートリントも相当なお転婆だった。何よりも、ディートリントは、田舎育ちなのだ。木登りも泥遊びも素潜りだって過去にはできた。

「大丈夫、あの時もできたのだから、できるはず」

まず、ここから出るには、この窓から飛び下りるしかない。とはいえ、窓には鍵が掛かっているのだ。まずはこれを壊す必要があった。

チャンスは一度だけ。音がすれば、確実に見張りがやってくるからだ。

扉の前に書き物机を移動させた。ないよりはマシ程度の重しだ。

ディートリントは、椅子を抱えると大きく振りかぶった。

「ちょっ……待った待った……姫さん待って‼」

振り下ろそうとした椅子を後ろにぐんっと引っ張られて、ディートリントは思わずたたらを踏んだ。

がっちりと椅子と腕を押さえられた状態で、ディートリントは背後を振り返って瞠目《どうもく》した。

真っ黒な覆面姿の男が、ディートリントを焦った様子で見下ろしていた。覆面の間から、真っ赤な瞳が彼女を見下ろしている。

「びっくりしたぁ……姫さん、意外と行動力あるのな。俺、驚いちゃったよぉ～」

そのいで立ちとは反対に、どこか気の抜けた様子で話す男にディートリントは困惑から眉を寄せた。彼は、新たな監視役なのか。不審そうに彼を見上げたディートリントに、からりと笑って見せる。

「あぁ、大丈夫。俺、敵じゃないよ。これ見てこれ」

そう言って、男はディートリントから取り上げた椅子を床に下ろすと、腕を捲って見慣れた紋章の刺青《いれずみ》を見せた。双頭の鷲《わし》は、この国の王家の紋章。そして黒鷲は、王弟を現す。

彼がクラウスの関係者だと知って、ディートリントはこわばっていた体から力を抜いた。

「俺は、黒鷲の影。愛称は十《ツェーン》。姫さんの護衛だよ」

「……護衛？」

首を傾げたディートリントに、ツェーンがにかっと人好きのする笑みを浮かべた。

「そう。護衛もなしに、簡単に姫さんを外出させるわけないでしょ、あの人が」

「あの人って……もしかして……」

思い当たるのは、一人しかいない。

「ん、姫さんの旦那さん？　俺のご主人様」

ディートリントの夫は、クラウスだけ。つまりは、彼がディートリントにツェーンを護衛として配置したということだ。

「嘘《うそ》……」

まさに驚愕《きょうがく》といってもいい表情でツェーンを見上げる彼女に、彼が苦笑する。

「嘘って酷いな。信じてくれないの？　ず――――っと影に日向《ひなた》に見守ってたっていうのに」

「そんな……影だなんて……」

影という存在があることは、ディートリントも聞いたことがある。表立ってできない行動をするための特殊部隊。その数は非常に少なく、幻のような存在だ。そんな貴重な存在が、常にディートリントの護衛についていたという。

でもどこかで納得する自分もいる。今回の外出が、あまりにも簡単に許可されたからだ。

そんなディートリントの思考を読んだのか、カラカラとツェーンが快活に笑い飛ばす。

「あの人が、保険なしに姫さんのこと一人にするわけないじゃん！　まっさか～！　急に身分が変わったからって、護衛騎士に大量に張り付かれても堅苦しいだろうって、俺と九《ノイン》がつけられてたのに」

「ノイン？」

聞きなれぬ呼び名に、首を傾げたディートリントに、ツェーンがぱちりとわざとらしくウィンクする。

「ん、俺の相棒。今は、報告に行ってて外してる」

「報告？」

何の報告かと一瞬考えて、すぐに今の状況だと思い至る。彼らがディートリントの影の護衛であるということは、彼女の身の安全を確保するためにいるのだ。その相棒は、ディートリントをこの場から救うために行動してくれているということだろう。

「そだよ。きっともうすぐ……来たね」

ツェーンには、ディートリントに聞こえない音が聞こえているのか、そう呟《つぶや》くとにやりと笑った。

そして、懐から小刀を取り出すと、窓の蝶番《ちょうつがい》の部分に軽やかに振り下ろす。すると、蝶番は簡単に壊れて外れた。

「すごい……」

まるで、初めからそういう動きをするように設計されていたかのようにスムーズだった。

「こんなの簡単だよ。だからね、あんな力業に出なくてもできちゃうから」

そう言って、ツェーンが足元の椅子を指した。

「あれは……」

適当な言い訳も思いつかず、しかもおそらく全部行動を見られていたであろうことに気が付いて、ディートリントはもごもごと口を動かすに留めた。

「姫さんってば、意外と行動的だねぇ。でもね、あんなことしたら、怪我しちゃうからダメだよ。いつだって影に俺たちがいるから、呼んで。わかった？」

有無を言わさぬ様子でそう言われて、ディートリントは言葉を詰まらせたままこくりと頷いた。彼らがついていてくれるというのであれば、あんなことしなくてもいいはずだ。

「ん、よろしくね。それとね、こんなんじゃ、大人一人の体重、いくら姫さんが羽のように軽くても無理だからね。そもそも、女性の腕じゃ、支えきれないよ」

そう言って即席のシーツの綱を投げ捨てると、懐から細い金属製の綱のようなものを取り出して先端の金具を窓枠にかけた。

「本当は、堂々とお姫様らしく助けを待ってもらうつもりだったけど……俺たちの姫さんはお転婆なようだからね、王子様のところへ飛び込んじゃう方がぴったりかな。行くよ！」

そう言って、ツェーンは、ディートリントを己の外套《がいとう》でぐるぐる巻きにすると、彼女を抱えて窓枠を乗り越えた。

ほぼ足場のない場所に立つツェーンに、ディートリントは怖くなってしがみ付いた。そんな彼女の行動に、彼が軽く笑う。

「ん――――、あっちかな？」

ぐるりと辺りを見渡した彼が、ディートリントを抱えなおすと滑らかな動作で跳躍した。

「ひゃッ」

ぐんっと体が引っ張られるような感覚と共に、体が降下する。しかしツェーンは、危なげなく着地すると、軽やかに走り出す。そして、笛のようなものを吹いた。しかし、そこから音は出ていない。

「それ、は……？」

不思議に思って問いかければ、ツェーンが小さく笑った。

「これ？　これはね、俺たちの合図みたいなもの。これで自分の居場所を伝えるんだ。ってか姫さん、しゃべると舌かむよ。気を付けて」

ツェーンが進めば進むほど、辺りの騒ぎが聞こえてくる。どうやらこの屋敷の周りを、取り囲まれているらしい。果たしてそれは敵か味方かどちらなのか。

「おいッ！　いたぞッ‼　あそこだ‼」

背後から男たちの声が聞こえて、ツェーンが、僅かに顔を顰めた。

「やっべ、見つかっちゃった」

口ではそう言いながらも、余裕綽綽《よゆうしゃくしゃく》でツェーンが、テラスからテラスへと渡っていく。さながら野生動物のような動きに、ディートリントは目を白黒させる。

「おいッ！　そっちだ‼　回り込めッ！」

あちらこちらから、続々と男たちが現れる。一体こんな廃屋のような屋敷のどこに隠れていたのやら、と思うほどの人数である。しかし、そんな彼らを嘲笑うかのように、ツェーンは軽やかに飛び跳ねていく。

ここまでくると、もはや曲芸師のようだ。

「待てと言われて待つのは、この場合ただのバカでしょっと」

ぐわんっと体が揺れた。正直酔いそうだ。

「ひゃッ」

ツェーンが、器用に綱を引っ掛けて、離れた場所のバルコニーまで飛んだ。その勢いで、ぐわんっと体が揺れた。正直酔いそうだ。

「さ――――てと、ここはどこだ――――？」

陽気にぐるりとあたりを見回したツェーンが、再び笛を吹くと返事を待つように耳を澄ませた。そして数秒後に、にぃっと口角をあげた。ディートリントには聞こえない、何かが彼には聞こえたらしい。

「み――――つけた」

「え？」

何を見つけたのかと、問いかけようとしたディートリントを待つことなく、ツェーンが、ぐんっと力いっぱい飛ぶ。金属製の綱が、ギリギリと嫌な音を立てた。

「……ッ‼」

しかし、ツェーンはそれに慌てることもなく、とんとんっと軽やかに数度ジャンプして着地を決める。手にはいつの間にか巻き取られた綱があり、そっとディートリントを地面に下ろした。

それほど長い間彼に抱えられていたわけではないはずなのに、ひどく久々に地面に下り立った気がするのはなぜなのか。ガクガクと自然と震える足を叱咤《しった》して、ディートリントは足の裏に力を入れた。

そんなディートリントの状態を気にすることなく、ツェーンが辺りを見回して一方を指さした。

「さて、王子さまはそこに……」

背後からぐっと強引に外套を引っ張られて、ディートリントが体勢をくずしたのは、一瞬のことだった。

「キャッ」

突然のことに小さな悲鳴を上げたディートリントに、ツェーンが瞠目したのが見える。

「……つかまえ、ったぁぁぁッ‼」

野太い声が響き渡る。

それと同時に首が締まり、背後から羽交い絞めにされた。

「姫さんッ⁉」

ツェーンの焦ったような声に、ディートリントは、自分が敵に捕らえられたのだと知る。

どこかに潜んでいたのか、それとも追いつかれたのか。

首に触れるのは冷たい感触。

「近寄るんじゃねぇぞ！　近寄れば、この女がどうなっても知らねぇからな‼」

ディートリントの耳元で、背後の男ががなり立てる。この男に、訛りはないのだなとどこか冷静に分析する自分がいた。

このまま死ぬのかと思えば、恐怖心がないわけではないが、どこか実感がない。ナイフを当てられたその場所は、薄皮一枚が切れたのか、ひりひりと痛んだ。

結局、みんなに迷惑と余計な手間をかけさせただけだったのかもしれない。

「……クラウス様」

空気だけで、この場にいない彼の人の名を呼ぶ。せめて最後にひと目だけでも顔が見たかった。「ごめんなさい」と呟こうとして、体ががくんっと前のめりになる。目の前には、赤い液体を噴出した何かが弧を描いて飛んでいく。

「う゛わ゛ぁぁぁぁぁぁッ!!!!」

そんな絶叫をあげたのは、いったい誰だったのか。

地面に倒れて手をついたディートリントを庇うようにして、目の前に深い緑のマントが揺れた。その間にも、絶叫は続いており、「腕を切られた」と男が叫ぶ。

「誰の許可を得て、彼女に触れようと言うのか」

冷え冷えとしたその声は、怒りに震えていた。きらりと松明《たいまつ》の火を反射して輝くその刀身からは、赤い液体がしたたり落ちる。

それは、見覚えのある背中だった。ディートリントが、最後に一目会いたいと思った人の背中だ。そして、彼がディートリントを捉えた男から救いだしてくれたのだと知る。

男は、斬り付けられたことによって、ディートリントを突き飛ばしたのだろうか。

「ツェーン、お前もおふざけが過ぎるぞ。ディートリントに何かあったらどうするつもりだ」

「あ――……魔王降臨」

心底気まずそうに、ツェーンがぽつりと漏らす。

「ツェーン」

絶対零度の響きで名を呼ばれて、ツェーンは首を垂れた。

「あ、はい。すんません」

それでも、どこか軽薄な様子は変わらない。そんな彼の様子に、クラウスが深い溜息を吐いた。それに追従するような声が、横からかけられる。

「あたりまえだ、このバカ！　姫様に何かあったらどうするつもりだ！」

声の方を見上げれば、いつの間に現れたのか、ツェーンと同じ姿をした人が、彼の隣に立っているのが見えた。ツェーンより頭一つ分ほど背が低く、体の線もどこか細い。声の感じからすると、女性なのではないだろうかと思う。

そんな相手の姿を捉えて、ツェーンが情けない声を上げた。

「ノイン～～～～～！」

ノイン――それは、ツェーン相棒だという人の名前だ。

ひしっとノインに抱き着こうとするツェーンを、煩わしそうにノインが足蹴にしているのが見える。随分と独特な関係のようだ。

そんな二人のやり取りをぼーっと眺めていると、クラウスがディートリントの前に跪いた。

「大丈夫だったか、ディートリント」

「あ、はい。ご迷惑をおかけして……」

そう謝罪の言葉を述べようとした瞬間に、ディートリントは、クラウスの腕の中に囚われていた。

「よかった、そなたが無事で」

ぎゅうっと力いっぱい抱きしめられて、それだけで無事に助かったのだと胸に安堵《あんど》が広がる。

「……クラウス様」

縋《すが》るようにぎゅっとクラウスの外套を握る。恐怖心からか、体が勝手に震えてカチカチと歯が鳴った。そうでもしなければ、叫びだしてしまいそうな気分だった。

「こんなに震えて……可哀そうに」

クラウスが、労わるように頭を撫でて頰を寄せた。

「うっそ！　窓を叩き壊そうとしてたのに!?」

「ツェーン‼　お前、姫様になんてことを！」

ツェーンが、まさかとでも言いたげに驚きの声を上げた。それに素っ頓狂な声を上げたのは、相棒のノインである。

ツェーンの発言は、随分と失礼な話であるが、行動に出ようとしていた事実は真実だ。しかし、できればクラウスの前では口にしてほしくはないというのが乙女心である。

「いや、だってさぁ……誘拐されるときも、目を覚ました後も落ち着いたもんだったんだぜ？　これで、騒ぎ立てようものなら、絶対こんなにスムーズにいかなかっただろ？」

「それは、そうだが……」

それについては、ノインも同意見なのか、神妙な表情で首肯する。

「これがあの王妃だったら絶対面倒くさいことになってたね。あの人だったら、絶対騒いで喚いてうるさくて……」

思わぬツェーンの言葉に、ディートリントは一瞬恐怖も忘れて、彼の顔をぽかんと見上げた。

「ん？　姫さんどうかしたか？」

そんなディートリントの反応を不思議そうにツェーンが見返した。

「え、王妃陛下が……」

騒いで喚いてうるさいとは、一体どういうことか。ディートリントの中のイメージとは、全くもって一致しない。そんな彼女を、怪訝《けげん》な顔でツェーンが見る。

「あぁ、結構有名な話だぞ、あの人普段はすました顔しているけど、本来は癇癪《かんしゃく》持ちで自己愛の塊だって」

「うそ……」

あの王妃が、癇癪持ちで自己愛の塊だと言われても、いまいち実感がない。ただ高潔で、意識の高い貴婦人ではなかったのか。

ツェーンが、呆れた視線をディートリントに向けた。

「嘘なもんか。あの人の癇癪で何人の護衛騎士や女官が辞めさせられたことか」

「だって……『王族たるもの、命を賭しても国のために生きよ』と仰ったのは、王妃陛下だわ」

そんなことを堂々と言う人が、ツェーンが言うようなことをするとはとても思えない。護衛騎士や女官は、国のために働く人たちだ。それを癇癪ひとつで辞めさせるなど傲慢が過ぎるだろう。

そんなはずはないと首を振って否定したディートリントに、ツェーンは表情をこわばらせた。

「あ――――、あの王族の心得っていう訳のわからない講義だろう？　俺もノインもこっそり聞き耳立ててたけど、絶対嘘だね」

「うそ……？」

彼の隣に立つノインに視線を向ければ、困ったように眉を下げた。つまりは、彼女もそう思うということだろう。

「少なくとも、王妃はそんなの守っちゃいないと思うぜ」

まさかとクラウスを見上げれば、何とも微妙な表情を浮かべて苦笑をするばかり。

王族区画の警護が最も厳しいという場所で、堂々と聞き耳を立てていたと言ってしまうツェーンの行動に驚いていいのか、それとも、もっともらしく教えられたことが嘘であったということに驚いた方がいいのか。もはや、何に驚いていいのかもわからなくなり、どこか痛む頭を、ディートリントは押さえる羽目になった。

「大丈夫か、ディートリント。頭痛がするのか？」

「ええ、ちょっと許容量を超えてしまったようです」

「……昨晩から、色々とあったからな。そうなるのも仕方ないだろう」

そう言うと、クラウスは己の外套を脱いでディートリントをそれで包み込んだ。もちろん、ツェーンの外套は、きっちりと彼に返却された。

「クラウス様？」

わざわざなぜそんなことをするのかと首を傾げたディートリントに、クラウスが苦笑をする。

「大事な妻に、いつまでも他の男の服を着せておくつもりは、わたしにはないよ」

彼の言葉を脳内で反芻《はんすう》すれば、それがまるで独占欲であるかのように聞こえて、ディートリントの頬が、じわじわと顔が赤くなる。

「さてと、そろそろ決着をつけて帰ろうか。少しくらい、夫として良いところを見せておかないといけないしね」

クラウスはそう言ってぐるりと辺りを見渡した。周囲には、突然現れた彼らにどう反応していいのか考えあぐねている男たちの姿がある。

「ひゃっ」

クラウスが軽々と片手でディートリントを持ち上げた。バランスを崩しそうになって、ディートリントは、慌てて彼の首に縋《すが》りつく。それに淡く微笑んで見せたクラウスが、一転彼らに鋭い視線を向けた。

「さて此度の狼藉《ろうぜき》、誰の差し金だ？」

クラウスの声が、辺りに朗々と響き渡る。

「まさか、この双頭の獅子《しし》の紋章が誰のものか、わからぬわけではあるまいな」

『双頭の獅子』という単語に、一瞬にして辺りが静まり返る。外套を脱いだことで、クラウスの胸元には、紋章が晒《さら》されていた。

「誰か、答えられる者はおらぬのか？」

誰も彼もが、顔を見合わせるばかり。そんな彼らの反応に、クラウスが溜息を吐く。

「では、力づくでも答えてもらわねばならぬな」

金属が、擦れる音がする。それは、正にクラウスが腰に佩《は》いた剣を抜いた音。それにつられるように、クラウスの護衛騎士たちも倣う。

「おい、まずくないか？」

「王弟殿下が相手だなんて、聞いてないぞ」

男たちは、口々に言い争い始める。そんな光景をまるで睥睨《へいげい》するように見ていたクラウスの元に、影の一人がそっと近づいて耳打ちする。

「首謀者と思われる者を捕らえたか」

こくりと頷いた影に、クラウスは口角を上げた。

「連れてこい」

その一言で、何人かの男たちが、クラウスの前へと連れ出された。そんな彼らを連行してきたのは、見上げるほどの巨体に、逞しい体軀《たいく》。髪は短く刈り上げられ、その視線は人を殺せるのではないかと思わせるほど鋭い目をした人物であった。

エルヴィーラの夫である辺境伯シリル・ランブールである。

彼が連行してきた人たちの中には、当然ながら、ディートリントを連れ去った男たちも含まれていて、彼らがクラウスに抱かれているディートリントを捉えて瞠目する。

「『双頭の獅子』ト辺境伯夫人？　ドウイウコトダ？」

小柄な男の方が、疑問の声を上げる。

「辺境伯夫人ではない。王弟妃殿下だ」

そう苦笑交じりにシリルが答えた。その言葉に、彼が驚愕する。それもそうだろう。辺境伯夫人を誘拐したつもりが、その相手は実は王弟妃だったというのだ。驚かない方がおかしい。

「彼女ハ、オ前ノ妻デハナイノカ？」

ぐるりとすごいスピードでシリルを振り返った男が、目を剝いて問いかけた。それにシリルが、首を振って否定した。

「あの方は、クラウス王弟殿下の妃。俺の妻は、可愛い従妹姫をならず者に誘拐されて、怒り心頭で、今頃暴れてるんだろうな」

どこか楽し気に、シリルがそう答えた。これに焦ったのは、男の方である。

「オ前ノ妻ハ、元侯爵令嬢ジャナカッタカ？」

混乱しているのか、男が捲し立てるようにさらに問いかけた。そんな彼に、シリルは、どこか得意げに口角を上げた。

「エルヴィーラ・フォルスト侯爵令嬢で間違いないな。ただし、普通の令嬢じゃないぞ。『白薔薇の君』の異名を持つ、男装の麗人だ」

「男装ノ麗人ダッテ⁉」

　ぎょっと男が目を剝いた。

「あぁ、護衛騎士の中に、妃殿下と同じ髪色の騎士がいただろう？　彼女だよ！　カッコいいだろう？　剣を持たせたら強いんだ」

　どこか得意げに胸を張ったシリルに、信じられないとでも言うように男が、ディートリントに問いただすような視線を向けた。こくりと頷いたディートリントを見て、男が天を仰ぎ見た。

「辺境伯、知り合いか？」

　クラウスが、シリルに問いただすように視線を向けた。いかにもシリルと彼の会話が、親し気に聞こえたからだ。

「はい、殿下。殿下も先の戦いで、一度くらいはご覧になっているかと」

　こくりと首肯して見せたシリルに、クラウスは男を見て一瞬考え込んだ。先の戦いで見たことがあるというのであれば、それはトードルトの人間で、それも記憶に残るほどの高位の人物であるということだろう。

「ふむ、そうか。ということは、トードルトの人間か」

「はい。王家傍流の生まれだったはずです」

「それならば、国内でもそれなりの地位にいるのだろう。そんな男が、他国の領地で誘拐騒ぎか？」

絶対零度の冷え冷えとした視線を向けられて、男は顔面を蒼白《そうはく》にさせた。彼の本音としては、王弟妃を誘拐したつもりはないというところだろう。とはいえ、結果的に攫《さら》ってきた相手が、ディートリントであった時点で、その言い訳は通用するはずもない。

辺境伯夫人エルヴィーラであればいいと言う話では到底ないが、クラウス達にとっても立場というものがある。たとえ名前だけのものであったとしても、何もなかったことにはできないのである。

「それで、お前の主はどこにいる」

「……コレハ、我々ノ一存デ」

クラウスの問いに、気まずげに男が視線を伏せた。

「これ以上、手を煩わせるつもりか？　高々第三王子の首一つ、簡単に切り落としても構わんのだぞ？」

「……ッ」

男が息を呑んだと同時に、シリルが片眉をあげた。

「おや、ご存じでしたか」

そんなシリルに、クラウスが溜息を吐く。

「ご存じも何も、こんな阿呆をしでかすのは第三王子くらいだろうよ。前回、散々脅してやったが……まだ懲りていないようだな」

「……ッ」

息を呑んだのは、いったい誰だったのか。

「本当に、頭が足りない。子爵領内でことを起こせば、自分が犯人ですと言っているようなものだがなぁ……どうしてわからないと思うのだろうか」

シリルが、やれやれとでも言うように肩を竦めた。

「それは、手を貸している奴も頭が足りないからでしょ。大方、明日の朝にでも荷物に紛れ込ませて移動するつもりだったんだろうけど！　甘い甘い。もっと狡猾《こうかつ》にやらないと、俺たちは出し抜けないって話でしょ！」

そう言って、ツェーンはカラカラと快活に笑った。それを彼の横でノインが、慌てて彼の口を塞ぐ。

「そもそも、彼らは初めから君たちを相手にするつもりはなかったと思うよ……」

しかし、ツェーンの不敬は慣れたものなのか、シリルが苦笑する。この場合の君たちは、『双頭の鷲』の影なのだろう。先の戦いでも、トードルトは彼らに辛酸を舐めさせられたのだから。攻撃力も情報収集能力も抜きん出ているのが、彼らである。

「それで、こちらも大方わかっているんだけどね。大人しく白状してくれた方が、話が早いんだけどな……色々、洗いざらい殿下の前で吐いてくれる？」

ツェーンから視線を男たちに戻したシリルが、にっこりと笑みを深めた。しかし、その目は全く笑ってはいない。冷え冷えとした絶対零度の笑みを向けられて、男はぶるぶると体を震わせながらも懇願した。

「……ッ、彼の方のお命だけはお救いいただけるのであれば……ガッ！」

「ひっ……」

彼の返答を全て聞く前に、一瞬のうちに、男が背後の壁に叩きつけられた。辺境伯が、その長い脚で彼を蹴り上げたからだ。

「殿下はともかく、俺は気が長くないんだ。可愛い奥さんの誘拐計画立てられて、穏やかにいられる性分じゃないんでね。余計な交渉している暇があったら、直ぐにでもしゃべった方がいい」

「……ッ」

痛みか、それともシリルの気迫にか、男が息を呑む。

『マーシャル様ッ‼』

背後で別の騎士に抑えられていた大柄な男が、自国の言葉で彼を呼ぶ。それと時を同じくして、立ち上がった彼に、辺境伯の脚が飛んだ。

圧倒的な暴力とも言える力に、ディートリントは息を呑んで、無意識のうちにぎゅっとクラウスの上衣を握りしめる。

「君は、見なくてもいい。目を閉じていなさい」

ディートリントの頭をそう言って、クラウスは己に押し付けた。

『やめてください！　話します‼　すべて話しますから‼　マーシャル様は、ただ第三王子殿下に命令されただけなのです！　アルタウスのバロー子爵家に話がついているからと……‼』

大柄な男の悲痛な叫び声が響き渡る。

『バロー子爵家？　子爵家の誰だ』

クラウスが、彼の国の言葉で彼に問いかけた。男の言葉に耳を傾けるように、シリルの足も一時的に止まる。それに勢いを得た男が、必死で言い募った。

『バロー子爵家の管財人です！　子爵の甥《おい》の！　命令書であれば、ここに！』

あまりの動揺に、本人はもはや自国語で喚き続けていることに気が付いていないのかもしれない。その間にも、シリルによる暴力は続いており、まるで見せしめのように足を振り下ろしていた。

他の騎士が、大柄な男の証言に従って、彼の懐中時計の隠しから命令書を取り出して中を確認すると、クラウスに手渡した。

「今回の首謀者は、トードルトの第三王子とバロー子爵の甥である管財人だ。罪状は、辺境伯夫人の誘拐を企てたこと及び王弟妃の誘拐及び監禁だ。両者のサインがここにある。

全て残らず捕らえよ」

その指示に数人の辺境軍の騎士が、足早に軍靴の音をさせて去って行く。

「シリル、そこまでにしておけ」

クラウスの一言で、どさりと何かが崩れ落ちる音がする。

ディートリントの頭を押さえていた手がいつの間にか外されて、恐る恐る振り返れば、辺境伯に蹴られたのであろうか、見事に顔を腫らし、顔中血だらけになった男が倒れていた。

「……ッ、クラウス、さま……ッ」

その惨状に、ぎゅっとクラウスに縋りつけば、クラウスが何でもないことのように彼女の頭を撫でた。

「あぁ、大丈夫、殺してはいないよ。ただ、気を失っているだけだ。でも、女性に見せるものではなかったね」

「……ちがッ」

そうではないと言いかけたところに、遠くの方からディートリントを呼ぶ声が聞こえた。

「ディートリント‼」

「……ッ、お姉さま‼」

白金の髪を揺らしながら、勇ましく走って来るのは、エルヴィーラである。その後ろから、幾人かの騎士が続く。

クラウスの腕から下ろしてもらったディートリントはエルヴィーラの熱い抱擁を受けた。

「……ッ、良かった無事で！」

「……お姉さまも」

エルヴィーラは、どこも怪我をしている様子はない。それにほっと安堵すれば、困ったようにエルヴィーラが眉を下げた。

「バカだな、わたしはいつだって無事だよ」

「よかった」

ぎゅっとエルヴィーラに抱き着けば、同じ力で抱き返してくれる。

「お姉さま、お願い。あの人を助けてあげて」

「ん？　やだ、ボコボコじゃないか。一体誰がやったんだい」

「……」

エルヴィーラの問いに、一様に皆が口を閉ざして視線を彷徨わせる。

「まぁ、いい。貴方たち、ちょっと手を貸してあげて。え？　首謀者の一人？　あぁ、それでもどうせ動けないでしょ。ひとまず止血して、消毒して……手厚いって？　いいんだよ、うちの可愛い妹がそう言っているんだから」

テキパキと指示を飛ばすエルヴィーラに、彼女に付き従っていた騎士たちが一斉に動き出す。その外にも、辺境軍の騎士達が、彼らの仲間と思われる者を次々に連れ出していく。

王弟相手では分が悪いと思ったのか、それとも辺境伯の容赦ない仕打ちを目にして恐れを抱いたのか、誰一人として反抗する者はいなかった。

「ディートリント、わたしはこれから彼らの主の元へ行ってくる。辺境伯夫人といい子で待っていてくれるね」

クラウスが、幼子にするようにディートリントの顔を覗き込んだ。指揮系統のトップとして、そして王弟妃誘拐の真相を確かめるためにも、彼が行くのが早いのだろう。そんなクラウスを引き留められるはずもなく、ディートリントは小さく頷いた。

「いい子だ。辺境伯夫人も、彼女を頼んだよ」

エルヴィーラに視線を向けたクラウスが、彼女に声をかける。

「ええ、もちろんです。殿下から頼まれなくても、わたしの大事な従妹ですから」

どこか挑発的に請け負ったエルヴィーラに苦笑しながらも、クラウスは部下を連れてそのまま足早に去っていく。そんなクラウスの姿を目で追っていると、エルヴィーラが安心させるようにディートリントの手を取った。

「大丈夫だよ。シリルがついているのだし、すぐに戻って来るさ」

そう言って、エルヴィーラはディートリントを迎えの馬車の中に押し込んだ。そのまま数多《あまた》の騎士に守られて、ディートリントは辺境伯家の別邸へと向かうこととなった。

第五章　噂の行く末は

エルヴィーラによってあの場所から連れ出されたディートリントは、辺境伯家の別邸へと案内された。ここは、本来彼女が滞在する予定であった、誘拐騒ぎのあった街から山を挟んで辺境伯領側の場所。

そこは、山間の小さな集落の端にあった。高台となっているその場所は、辺り一面に広がる緑と青い空のコントラストが非常に美しい場所である。

「近くには小さな森や小川があってね。散策するにはもってこいの場所だよ」

エルヴィーラが、テラスの窓を開けながらそう言う。

涼やかな風が、二人の間をふわりと通り抜けていく。遠くで聞こえる鳥の声に、木々が風に揺れる音が聞こえてくる。

少しだけ、二人の間に無言の時間が流れた。

「……殿下が、心配？」

心ここにあらずの状態で、ぼんやりと外を見つめるディートリントに、エルヴィーラが苦笑を漏らす。

「大丈夫だよ。シリルも一緒だし、あの人、野生の熊みたいなものだから」

野生の熊と言われて、先ほどの辺境伯の力を思い出す。ディートリントは、僅かに顔を顰めた。

圧倒的な暴力。

辺境伯として国境を守るには、あれほどの強さが必要なのだろう。それでも、ディートリントにとっては、慣れない世界だ。そんなディートリントの内心を感じ取ったのか、エルヴィーラが苦笑を漏らす。

「ディートリントには、少しばかり刺激が強かったね」

そんな彼女を、ディートリントは真っすぐに見上げた。

女性の身でありながら、嫡男として育てられた彼女は、当然のように剣術も体術も身につけている。辺境伯のように……とまでは当然いかないだろうが、それでもそれなりにあの手の暴力を見聞きし、体感しているはずだ。

「……お姉さまは、今幸せですか？」

突然のディートリントの質問に、エルヴィーラは瞳をぱちくりとさせて一瞬考えた後、柔らかく笑った。

「もちろんだとも。この上なく充実しているよ。元々、男として育ったわたしには、令嬢としての生活なんて無理があったからね」

エルヴィーラは、フォルスト侯爵家の娘として生まれた。

侯爵家の嫡子夫妻は、なかなか子に恵まれず、やっとの思いで授かったのがエルヴィーラであった。

しかし、フォルスト侯爵家は、代々近衛騎士として王家を守る騎士の家系であった。それゆえに、彼女の祖父が、嫡男の誕生を念願していたのである。

エルヴィーラの母は、石女《うまずめ》のレッテルを貼られることこそなかったが、その後も中々子に恵まれることはなかった。そこで、彼女の祖父が、エルヴィーラを男として育てるように息子夫婦に命じたのだ。

エルヴィーラの父は、妻に対する父親からのプレッシャー回避のために、それを受け入れた。この国アルタウスの法律では、女性でも爵位の継承は可能となっている。男装という少し歪《いびつ》な形とはなるものの、エルヴィーラにとっては悪くないという判断でもあった。

エルヴィーラが、五歳の時である。

それからずっと、エルヴィーラは男として生きてきた。

男の姿をして、騎士学校に入学し、祖父に望まれるまま近衛騎士となった。数少ない女性騎士として、幾度と王女の警護に駆り出されることも多かった。

「シリルは、わたしがこんな格好をしていても何も言わないし、彼らと共に剣を振り回しても喜んでくれるくらいだ！　こんないい夫はいないし、こんなに恵まれた婚家もないと思っているよ」

辺境伯であるシリルとは、騎士学校時代に出会ったのだ。シリルは、エルヴィーラよりも二つ年上。異色であったエルヴィーラにも親切にしてくれた、良い先輩であった。

その時には、既に男性として振る舞っていたエルヴィーラである。アルタウスでは、女性は寄宿学校には入学できない。女性は、女学院に通うためである。それゆえに、エルヴィーラは、他国の男女共学の寄宿学校に留学していた。そこで、男装の麗人という存在を初めて知り、突き詰めてみたらこうなったのである。

当然ながら『女生徒はこうあるべき』という思想の強いアルタウスでは異色で、大半の訓練生からは遠巻きにされていたものだ。

それが、一度近衛騎士となり、王女や王妃の警護に駆り出されてみれば、いつの間にか『白薔薇の君』の異名が付き、令嬢たちから人気が出るようになるのだからわからないものである。

「だからね、フォルスト侯爵家の後継から外れて正解だったんだよ」

エルヴィーラが、近衛騎士となり王族警護を任されるのを見届けると同時に、祖父が亡くなった。父が近衛騎士を辞して爵位を継いだ頃に、母の妊娠が発覚したのだ。翌年生まれてきたのは、弟だった。

「すべての元凶は、祖父だったんだろうね。後継者が『男』であることを望みすぎたんだ。両親がなかなか子に恵まれなかったのも、祖父のプレッシャーが強すぎたんじゃないかな？」

弟が生まれて、エルヴィーラは、自分から後継の立場を降りた。『白薔薇の君』として持て囃されてはいるものの、異色な存在であることに変わりはないからだ。フォルスト侯爵家の名に傷をつけたくもなかった。

それと同時に、シリルから結婚を申し込まれたのである。

「結婚と同時に辺境伯を継ぐ。妻として、共に剣を持って戦ってほしいと言われたら、一も二もなく頷くよね！」

力いっぱい言い切ったエルヴィーラに、ディートリントは淡く微笑んだ。エルヴィーラの表情が、本当に幸せそうだったからだ。

「わたしは、わたしとしてしか生きられない。たしかにこの場所は、平穏とは言えない場所かもしれないけれど、わたしらしく生きられる場所でもあると思っているよ」

自分らしく生きる。それが、どれほど素晴らしく、そして難しいことなのかをディートリントはよく知っている。

「とにかく、こんなことになってしまったけれど、きっとすぐに片付くはずだ。そうしたら、十分にこの地を楽しんでほしい。嫌な思い出だけを残さないで。ここは、本当に素晴らしい土地だから」

嘘偽りない真っすぐなエルヴィーラの視線に見つめられて、ディートリントは、当然だとしっかりと頷いて見せた。


かたりと小さな物音が聞こえて、ディートリントは瞼《まぶた》を開けた。

「起こしてしまったかな?」

聞きなれた穏やかな声音に、緊張で固くなっていた体が緩急する。

「起きていました。なぜか、眠れなくて……」

窓の外を見やれば、ぼんやりと明るくなってきている。明け方の時間帯であった。

「あんなことがあった後だ、体が興奮しているのだろう」

ぎしりと音をさせて、クラウスが寝台の端に腰かけた。

「もう、いいのですか?」

身を起こしたディートリントの額に、クラウスが唇を落とす。ふわりと物が燃えた後の灰のにおいがした。

「あぁ、すべて片付いたよ。彼らは、辺境伯預かりとなるし、その裏で手を引いていた子爵含め関係者はすべて捕まえた。だから、もう怖いことは何もない。安心して眠って良い」

クラウスは、外套姿であった。まだ後処理が残っているのかもしれない。

「……行ってしまうのですか？」

それが寂しくて、ディートリントは、彼の手をぎゅっと握る。

「どこにもいかないよ。ちゃんとディートリントの傍にいる」

「……ほんとうに？」

念押しするように問いかければ、クラウスが苦笑しながら首肯した。

「本当だ」

「……」

では一体、その姿は何なのだと視線を向ければ、それに気づいたクラウスが、困ったように眉を下げる。

「ただ、顔を見に来ただけなんだ。まだ旅装のままだし、湯も使っていない。汚れてしまうよ？　それに……」

「それに？」

「気持ちが高ぶっているのは、わたしも同じだ。この状態では、酷《ひど》くしてしまうかもしれない」

あぁ、彼に必要とされているのだと、どこかで納得する自分がいる。そして、それはディートリントも同じであった。

「それでもいいんです。お願い、一緒にいて」

手を引き寄せれば、簡単にクラウスの体はディートリントの方へと倒れこんだ。

そのままディートリントの顔の横に手を突いたクラウスに、図らずも囲い込まれるような形となる。

「……優しくはできない。いいんだな」

そんな問いかけに、こくりと頷けば、荒々しい態度で唇を合わせられる。早急に息継ぎする暇もなく吐息まで奪われた。

乱暴な仕草で、クラウスが外套と上衣を脱ぎ捨てる。そして、煩わし気にシャツのボタンを外すと、ディートリントの夜着の裾を捲った。日の光に触れたことのない真っ白な肌。柔らかな大腿が、クラウスの眼前に晒される。

クラウスは、まるでかしづくかのように、膝頭に唇を寄せる。

「……ッ」

ちゅっと音を立てて、大腿の柔らかい場所をクラウスが吸う。

いつもよりも速いスピードでその場所に到達した彼の舌が、蜜口を舐めた。その場所は、口づけを受けた時から既に潤みだしており、とろりと蜜をこぼす。

つぷりと中に侵入した指が、隘路をかき混ぜ、何度か往復する。

「……ん」

ディートリントが、小さく漏らした声に反応したのはどちらが先だったのか。

「……まだ痛むかもしれないが、許せ」

その場所から口を離したクラウスが、急《せ》いた様子でトラウザーズの前を寛げる。

「……ッ」

蜜口に先端をあてたクラウスは、ディートリントの足を大きく広げると、そのままゆっくりと貫いていく。いつもよりも性急に奥まで到達したクラウスは、そのまま彼女の背に腕を回してぎゅっと抱きしめた。

まだ十分に解されていないそこはまだ硬く、普段よりも苦しい。それでも、こうしてひとつになってぎゅっとされると、もう大丈夫なのだと安心できる。

「ディートリント……」

擦れた声でクラウスがディートリントの名を呼んだ。

「……ッ、はいッ」

「無事で、良かった……」

「……ッ、はぃ」

その言葉に、思わず涙ぐむ。クラウスの背に腕を回して、ディートリントも彼を抱きしめ返した。

本当に、無事で良かった。こうして、クラウスの元に戻ってこられて良かった。

そう思えば思うほど、ぼろぼろと瞳から涙が溢れる。今までせき止められていた思いが、涙となって溢れ出たのだろうか。

「泣くな、ディートリント。もう怖いことなど何もない」

どこか何かを堪えるように、クラウスが力強くそう言った。それは、まるでそう自分を納得させているようにも聞こえる。

「……ッ、はい……」

それでも止めどなく溢れるディートリントの涙を、クラウスが唇で拭う。それは、優しい口づけだった。

「そなたは、何重にも守られている。それは、そなたが知らなくてもだ」

それは、黒鷲の影と言った彼らのことを言っているのだろう。もしかしたら、ディートリントが知らないだけで、他にも護衛はいるのかもしれない。

「……クラウス、さま」

それは、クラウスがディートリントを大切に思っていてくれている証のようで、彼女の瞳が潤む。

「決して、そなたに危害を加えさせたりなどしない」

クラウスの灰褐色の瞳が、強い決意を湛えてディートリントを見下ろした。

こくりと頷いて、ぎゅっと顔をクラウスの胸に押し付ける。

「……体勢を少し変えるぞ」

そう言うと、クラウスがディートリントの背を支えて体を起こした。自重でさらに彼の剛直を飲み込むことになる。

「んあぁぁん……ッ」

最奥をぐりっと刺激されて、ディートリントは思わず声を上げた。

「苦しいか？」

「ん……ちょっと」

不安定な体勢に、手の置き場に迷っていると、クラウスが己の首へと導いた。

「すまないな」

少し眉を下げたクラウスに、ディートリントが何がと問いかける間もなく、彼がそのまさらに最奥を抉った。

「っふぁッ！」

ディートリントの尻を両手で摑んだクラウスが、彼女を軽々と持ち上げては落とすように手の力を抜いた。

「あ……あ……んぁッ」

ぐりっといい場所を突かれて、ディートリントは思わず背をそらせた。

「ここがイイのか？　ディートリント」

「……ッ、あぁぁん」

執拗《しつよう》にその場所を責められて、ディートリントが体をビクビクと震わせて、コクコクと頷いた。

狭い隘路が、さらにぎゅうぎゅうとクラウスの剛直を締め上げる。

「あ……あ……やぁぁッ」

「嫌なのか？」

そうでないことなどわかっているはずなのに、意地悪な問いかけをされて、ディートリントは涙目でクラウスを睨みつけた。そんな状態のディートリントを、クラウスが微笑まし気に笑った。

「……ッ、そんな目で見ても可愛いだけだ」

「ひゃぁぁぁッ」

ひときわ大きくグラインドした腰が、容赦なくディートリントの最奥を突き刺した。もはや串刺しとも言える状態に、ディートリントは声を抑えることすらできないでいた。

「あ……あ……あんッ、そこっ……だめぇ……」

本当に数か月前まで生娘だったのかと思わせるほど、愛液を滴らせ、柔らかい内部がぎゅうぎゅうとクラウスのそれを締め付ける。

何も考えられないほど気持ちが良い。

「くらうすさまぁ……ッ」

どこか舌足らずな声で、ディートリントがクラウスの名を呼ぶ。縋るように伸ばされた手が、クラウスの背に爪を立てる。

「あぁ……ここにいる」

そんなディートリントが愛おしくて、クラウスは彼女を抱きしめる腕に力を込めた。まさに掻き抱くというにふさわしい抱擁であった。

「ディートリント、わたしの可愛い妻」

クラウスが、愛おし気にディートリントの名を呼んだ。それは、大事な宝物を呼ぶような声。

ぐっと込み上がってくるこの気持ちは何なのか。

ずっと不安であった気持ちであるとか、大切にされて嬉しい気持ちであるとか。何よりも、クラウス自らが助けにきてくれた安堵とか。そんな色々な、普段は心の奥底に押し込めているようなものも含めて一気に思いが膨らんでいく。

そして、それは言葉に表すのであれば、一つの思いであった。

「す、き……」

それは、とても小さな声だった。思わず漏れ出たような囁き。でも、それが今のディートリントの全てであった。

誰よりもクラウスが好き。

「……ッ」

息を呑んだクラウスが、ぐぅっと潰れたような声を出す。それは、まるで飢えた獣が漏らす唸り声のようなものであった。

クラウスは、ギラギラとした瞳でディートリントを見つめ、そのままむき出しの肩に歯を立てた。

「あぉぉぉぁぁッ！」

クラウスの歯が、ぐりっとディートリントの薄い肩に食い込んだ。痛くないはずがない。それにもかかわらず、そんな痛みさえ彼女の脳は、快感に変化させた。足の先から神経を通って頭の先までぞくぞくとしたものが這い上がっていく。

「あぁん！　好き、すきなんです……ッ！　クラウスさまが、すきなのッ！」

「ディートリント！　愛している！　愛しているんだ‼」

いつの間にか肩紐をずり下げられて、剝き出しになった彼女の豊かな膨らみが揺れる。先端が、クラウスのシャツに擦れてさらにそれが刺激となる。

ディートリントは、もはや譫言《うわごと》のように、クラウスに「好き」だと言い続けた。それだけしか考えられなかったとも言う。

クラウスは、小柄な体をがっちりと抱え込んで、何度も下から激しく突き上げた。

室内に聞こえるのは、止めどない喘ぎ声と結合部から溢れ出た愛蜜が立てる卑猥な水音だけ。

ディートリントが、何者かに攫われたと報告を受けた時、血液が体中から引いていくような錯覚がした。

もちろん、影から報告を受けている時点で、ディートリントの無事はわかっている。見知らぬ男が、彼女に触れたというだけでも、腹立たしい。いや、そもそもが、彼女がまんまと攫われていくのを見ていたことが腹立たしいと言うべきか。

もちろん、影たちがそのような選択をしたのは、彼女の安全を考えてのことであろうことは理解している。それでも、感情が納得できないのは別問題だ。

ディートリントと共に過ごすようになってから、クラウスの中でどんどん彼女に対する欲が、膨らんでいく。初めは、好ましいと思う程度であったのにもかかわらず、熟成された思いは濃度を上げ、今ではもう彼女なしでいられないほど膨らんでいる。

「あぁん、あ、あ、やぁ……ッ」

いやいやと快感から逃れようともがくディートリントを引き寄せて、クラウスは何度も彼女の中を穿った。

「嫌じゃないだろう?」

嫌じゃないと言ってほしい。たとえ本音でなくとも、この時ばかりは、彼女の口から

「嫌」だという否定の言葉は聞きたくはない。

「あ、あ、あ……」

何かに堪えるように、ディートリントが、クラウスの肩に縋りつく。

「ほら、気持ちいいと言って?」

言葉にならない声を上げ続ける彼女をそれでも責め立てて、言葉までも引き出そうとするクラウスは、きっと優しい男ではないのだろう。それでも、子供のように欲しい言葉を望んでしまうのだ。

「う……んぁ、きもち、い……ぃです」

クラウスは、望む言葉をディートリントに言わせようと、ぐちゃぐちゃに中をかき混ぜて、しきりに腰を振りたくる。一度口から出た言葉は、まるで言霊のようにディートリントに纏わりつく。

彼女が、「気持ちい」と口にすればするほど、なぜか快感も増した。まるでそれは麻薬のように。

「やぁぁッ、きもちぃ、きもちいいの……だめぇ、だめになるぅ」

ぐいぐいと頭をクラウスの首に押し付けて、ぎゅっとディートリントがしがみ付く。弱いところを集中的に攻められれば、じわじわと絶頂の波が押し寄せてくる。

「あ……あ……くるッ、あ……だ、め……ぇッ」

ぎゅっとクラウスの肌に爪を立て、ディートリントが彼に縋りつく。そんな彼女が、堪らなく可愛い。

「安心してイっていい。ディートリント、イけ」

ひときわいい場所をガツンと攻められて、ディートリントは、背を反らせて繋がった場所を押し付けた。

「イっちゃうッ、あ――――ッ！」

それと時を同じくして、ディートリントの中が、ぎゅうっと締め付ける。襞《ひだ》が激しく揺動し、奥歯を噛み締めて堪えようとしたクラウスを容赦なく甘美な快楽の渦へと巻き込んでいく。

「……くッ」

クラウスは、こらえ切れずに、そのまま中へ己の精を放つ。その瞬間、彼の腰を震わせるほどの刺激が齎《もたら》された。

荒い呼吸を繰り返すディートリントが、力なくくったりとクラウスの胸に凭れ掛かる。汗ばんで張り付いた髪をかき分けて、クラウスが彼女の額に唇を落とす。

「ん……ッ、クラウス様」

そんな刺激にすら、ぴくりとディートリントが反応する。

「すまない。無理をさせたな」

荒い息を整えながら、労わるように声をかければ、いじらしくも大丈夫だとディートリントが首を振る。

「ん、大丈夫です」

クラウスは、ディートリントを抱えたまま、寝台へと体を横たえた。

「疲れただろう？　ここにいるから、眠っていい」

二人の体は、汗と体液でどろどろの状態であるが、クラウスは、ディートリントを傍から離すつもりは毛頭なかった。それは、ディートリントも同じであったようで、ぎゅっとクラウスに身を寄せる。

「……はい、どこにもいかないで、くださいね」

念押ししたようにそう言って、ディートリントが瞼を閉じる。

腕を伸ばして彼女を引き寄せたクラウスは、こうして彼女が腕の中に戻ってきたことに、ほっと安堵の息を漏らした。


翌朝目を覚まして見れば、ディートリントの隣には、鍛えられた肉体を惜しげもなく晒したクラウスの姿があった。

寝台の下には、脱ぎ捨てられた彼の外套と上衣、そしてシャツが落ちている。あの後、クラウスが脱いだのだろう。

「おはよう、ディートリント」

ディートリントが起きたことに気が付いたのか、灰褐色の瞳が優しく眇められる。

「……おはようございます」

ディートリントの額に唇をひとつ落として、クラウスがふと思い出したかのように付け加えた。

「そう言えば、辺境伯夫人は本邸に戻ったそうだ」

「帰ってしまったのですか？」

昨夜ディートリントと別れた際にも、決して早い時間ではなかったはずだ。それなのに、あの後帰っていったのかとその行動力に驚くと共に不安が過る。

「残念だろうが、またいつでも会える」

優しく髪を撫でられて、ディートリントは、こくりと頷いた。

身支度を整えて食堂に下りれば、別邸の執事が、恭しくディートリントにエルヴィーラからの手紙を差し出した。

「今朝の早い時間帯に、旦那様がお迎えにいらっしゃいまして。そのまま奥様は、本邸の方へお戻りになられました。妃殿下には、くれぐれもごゆっくり当屋敷でお寛《くつろ》ぎいただくようにとのことでございました」

クラウスが、この別邸に到着したのも明け方頃。その後に、辺境伯が、エルヴィーラを迎えに来たと言う。

「では、遠慮なくそうさせてもらう。元々、その予定だったのだから」

「そうなのですか？」

きょとりと瞳を瞬かせれば、クラウスが口の端を上げる。

「あぁ、結局碌《ろく》に蜜月期間を王都では過ごせていないからな。ここは、有名な保養地だ。蜜月をやり直すにはもってこいだろう」

「……蜜月」

思い返してみれば、エルヴィーラも以前そのようなことを言っていたと、ディートリントは思い出す。

入籍だけで済ませた結婚。その後すぐ、北の大国とハーヴィへ行ってしまったクラウスと、誘拐騒動に巻き込まれたディートリント。新婚というには、同じ時を過ごしていない二人である。

「蜜月だろう？　まだ結婚してそれほど経っていない。王都ならば煩わしい視線も多いだろうが、ここならば伸び伸びと過ごせるはずだ。それに、そろそろ種まきが始まっているだろうからね」

「種まき？」

何の話かと、首を傾げたディートリントに、クラウスが淡く微笑んだ。

「あぁ、きっと戻るころには収穫できると思うよ」

収穫できるようなものとは、一体何なのか。離宮の庭園に、何かを植えさせたのだろうかと考えて、それでも一月ほどで収穫できるもの……と言われてもあまりピンとはこない。

「ひとまずそうだな、ディートリントは、乗馬はできるか？」

「乗馬ですか？　一応は、できますが……」

エイマーズ伯爵領は、田舎である。

悪路が少なくなく、馬車で行き来できる場所が少ないことから、幼少期から馬に乗ることは多い。初めは、父親や護衛騎士と共乗りから始めて、年頃になれば一人で遠駆けができるほどにまで上達する。

それは、ディートリントとて例外ではなかった。

「それはいい。ならば、午後は軽く馬でも走らせようか」

ぱちくりと瞳を瞬いたディートリントに、クラウスがにっこりと微笑んだ。

遅めの朝食を食べた後に、乗馬服に着替える。離宮の侍女が、辺境伯領の別邸に滞在することを想定して、乗馬服も荷物の中に入れておいてくれたようだ。

そうして準備を終えれば、クラウスが、厩舎《きゅうしゃ》へと案内してくれる。そこには、立派な青鹿毛の馬が待っていた。

「……大きい」

それは、ディートリントが想像していたよりも、ずっと大きな馬だった。

「軍用馬だからね。ブラウヴィだ」

「では、クラウス様の相棒の？」

こうして、彼の愛馬と顔を合わせるのは初めてだ。どんな戦場でも共にするという愛馬は、堂々たる姿をしていた。

「初めまして、ブラウヴィ。ディートリントよ」

声をかけて手を差し出せば、ブラウヴィがそこに鼻を寄せる。ふんすふんすと匂いを嗅いだ後、頭をするりと寄せられた。人懐っこい馬である。頭から鼻にかけて撫でてやれば、気持ちよさそうに瞳を細めた。

「……どうやら、気に入られたようだな」

どこか苦笑交じりにそう言ったクラウスが、ブラウヴィの背を軽く叩いた。

「よし、では出かけようか」

そう言うや否や、脇を抱えてひょいっと軽々ブラウヴィの背に乗せられる。そして、直ぐにクラウスがその後ろに飛び乗った。

「クラウス様⁉」

これに驚いたのは、ディートリントである。

「一緒に乗馬もいいが、どうせなら一緒に乗りたい。ブラウヴィは、体も大きいし体力もある。ディートリント一人乗せたくらいで困るような馬じゃないよ」

「それはそうでしょうが……」

それでも、相乗りするというのはどこか恥ずかしい。幼い頃ならいざ知らず、今では大人なのだ。それも一人で乗れないのではないのだから……。

眉を下げたディートリントのつむじに、クラウスが唇を落とす。

「遠駆けはまた今度だな。よし、ブラウヴィ、行こうか！」

クラウスの合図に、ブラウヴィがぶるりと鼻を鳴らして歩みを進める。あっという間に速度を上げたブラウヴィは、軽快な足音を鳴らしながら、別邸から続く一本道を駆け下りていく。

「この道の先には、小さな町がある」

「町、ですか？」

とても町と呼べるようなものがありそうな雰囲気がなくて、ディートリントは果てしなく続く麦畑を見渡す。

「あぁ、規模としては村に近い。とはいえ、土地柄宿場町に分類されるからな」

この地は、保養地だからなのだろう。山越えをすれば、辺境伯領内の立派な街道のひとつという捉え方をすれば、宿場町という考え方もあながち間違いではない。

しかし、クラウスはそちらの町の方へは下らず、二股の分かれ道で別の道へと馬首を向けた。緩やかな上り坂。遠くの方に、子爵領との境目となる山々が見える。

「どこへ向かっているのですか？」

「あぁ、直ぐ先に小さな森がある」

「森、ですか？」

「そうだ。今日は、そなたとピクニックでもしようかと思ってな」

「ぴくにっく？」

あまりに予想外の回答に、ディートリントは、ぽかんと口を開けたまま背後のクラウスを振り返った。

「意外か？」

「……はい」

王弟がピクニックをする。もちろんそれ自体がおかしなことではないが、それを彼主導で行うことが、何よりも意外であった。

「そんな大層なものを期待されても困るが、それなりにできるぞ？」

「いえ、疑っているわけではないのですが……」

もごもごと言い訳をするように釈明すれば、クラウスが豪快に笑って見せた。

クラウスが、小さな森と言った場所には、その後すぐに到着した。速度を落としたブラウヴィが、勝手知ったる場所であるかのように、どんどん奥へと進んでいく。

緑の木々の隙間から、きらきらと日の光が落ちる。そんな木漏れ日の中を、二人と一頭は、進んでいった。

木々のトンネルを抜けた先にあったのは、小さな泉だった。

「綺麗な青……」

澄んだコバルトブルーのその場所に、ディートリントは目を奪われる。

泉の傍でブラウヴィを止めたクラウスは、軽やかに地面に下り立つと、すぐにディートリントも下ろしてくれた。

「ちょうど、地下からの湧き水が上がって来る場所らしい」

クラウスの説明に、ディートリントは納得する。どうりで水が綺麗なはずである。

ブラウヴィが、泉に口をつけたので、ディートリントもまたそっと手を差し入れる。

「温かい……」

冷たい水を想像していたのにもかかわらず、仄《ほの》かに温かい水温に、ディートリントは目を見開いた。

「この辺り一帯は、湯が湧いているらしい」

「温泉……ということですか？」

「あぁ、だから町の宿にはその湯を使った浴場が設置してあるらしい」

「それは、すごいですね」

地域によっては、盥《たらい》に湯を張ることしかできない宿も多いと聞くのに、浴場が設置されているのは珍しい。

「辺境伯家の別邸にもあるぞ」

「……浴場が、ですか？」

「あぁ、辺境伯夫人は言っていなかったか？」

そんな話は聞いていないと首を振れば、どこか楽し気にクラウスが笑った。

「なかなかいいぞ。この滞在中に一緒に入るか」

「え？」

まん丸に目を見開いたディートリントに、クラウスが笑う。

その間にも、クラウスは着々と準備を進め、泉の前には小さなピクニックの準備が整っていた。

沸かしたての湯が注がれたお茶のポット。サンドイッチやスコーンが並んだ皿。焼き菓子やケーキ類まである。

彼に手を引かれて、シートの上に腰を下ろせば、そのままふわりと抱きかかえられた。

「クラウス様!?」

「何をそんなに驚くことがある。夫婦なのだ、それも蜜月だぞ？　これくらいの親密さくらい許してほしいものだな」

あっさりと開き直った彼に、目を白黒させていると、苦笑するクラウスが、ディートリントの口にサンドイッチを押し込んだ。

「んむ、何するんですか」

「うまいだろ？」

「……たしかに、おいしいですが」

それでも、いきなり口に押し込むのはやめてほしい。人の目がないからこそまだいいが、使用人であってもこんな姿を見られるのは勘弁してほしい。

そんな風に考えて、ふと気が付く。

そう二人きりなのである。

この国において、二番目に高貴な存在であるはずの王弟に、誰一人として侍従はおろか、護衛騎士の一人もいないのだ。

「クラウス様……護衛騎士の姿が見えませんが、よろしいのですか？」

ぐるりと首を返してクラウスを振り返れば、彼がくすくすと楽しそうに笑った。

「もちろん。影がついているからな」

「あ、ツェーン……」

黒づくめの衣装の彼らを思い出す。

「あぁ、あいつだけじゃないぞ。他にもいる。見えない場所から護衛するように言ってあるからな」

ぐるりとあたりを見回してみるが、当然ながら視界に入るのはブラウヴィだけ。

「彼らは……凄いのですね」

「あれでも本職の中でも上位に入る奴らだからね」

「……彼らは、常に傍にいるのですか？」

素朴な疑問を口にしてみれば、当然だとばかりにクラウスが頷いた。

「護衛とはそういうものだろう？」

「……」

となると、昨夜も見られていたのか……と考えれば、頬に朱が走る。

「まったく、そんな可愛い顔をして……ここで襲われても文句は言えないぞ」

ちゅっと奪うように唇を塞がれる。

「う、んんッ」

「安心しなさい。夜間は、女性がつくように命じてある。最愛の妻のしどけない姿を、他の男に見せる趣味はないからな」

「しど……ッ」

ぎょっと目を見開いたディートリントに、クラウスが苦笑する。

「ただ、申し訳ないが、彼らに常に見守られて生活することを余儀なくされることは、慣れてほしい。すべて、そなたの身の安全のためだ」

「う……はい」

「……いい子だ」

今度は、優しく額に唇が落とされた。

「そう言えば、自力で逃げ出そうとしたと報告を受けたが、今後はそんな危ないことはしてはいけないよ、ディートリント」

「あ……」

「そなたの傍には、必ず影がつく。たとえ姿が見えなくてもだ」

真摯な瞳に見つめられて、ディートリントはこくりと頷いた。

「彼らの優先事項は、護衛対象者の安全だ。必ず適切なタイミングで助けにくる。それまでは、大人しく待っていてほしい。決して、相手を挑発してはいけないよ」

「……はい、申し訳ありませんでした」

素直に謝罪の言葉を述べたディートリントに、クラウスが目を細めて彼女を見つめた。

「いや、こちらも影がついているのを伝えていなかったから……いずれ時期を見て話すつもりだったのだが……すまなかったね」

それには、大丈夫だと首を振る。

「それにしても、義姉上《あね》にも困ったものだな。あの人は、尤《もっと》もらしいことばかりを言うから……あれでも、社交能力は高いのだ。だからこそ、その伝手《つて》が少しでも使えたら……と思ったのだが、どうやら裏目に出たようだな」

「……申し訳ありません」

しゅんと肩を落としたディートリントに、クラウスが目を見開いた。

「なぜ、そなたが謝るのだ。諌めるべき立場の人間が、助長させるとは恥ずべきことだ。心優しいそなたのことだ、義姉上の立場を思って、わたしに言えなかったのだろう?」

「違うのです、わたくしが至らないから……もっと社交ができれば……王妃陛下ともうまくやれれば良かったのに……」

「十分、ディートリントはよくやってくれている。これ以上、何を望めというのか」

「でも……」

「今となっては、誰であっても、義姉上は気に入らなかっただろうと思う。それを見抜けなかったわたしの落ち度だ。すまない」

「そんな……クラウス様に謝罪いただくことでは……ッ」

とんでもないとばかりに首を振れば、クラウスがその灰褐色の瞳を細めた。

「そなたは、本当に心根が優しい。でも、この落とし前はちゃんとつけておくから安心しなさい。あの人には、誰のものに理不尽な仕打ちをしたのか、きっちりとわかってもらわねばなるまい」

どこか邪悪な笑みで遠くを見つめて呟いたクラウスに、ディートリントは目を見開くこととなった。


クラウスと二人、別邸へと戻ったディートリントは、その足でそのまま使用人に、浴場へと案内された。

元々予定されていたのか、それともやはりこの地域の名物なのか、あっという間に浴衣に着替えさせられた。それは、薄い木綿のワンピースのようなもので、そのまま着て湯に浸かるとのことであった。

「このまま、入るの？」

そう問いかけたディートリントに、使用人は何でもないことのように満面の笑みで頷いた。

着衣のまま湯に入るのは、馴染みのないディートリントからすれば違和感しかないが、この地域ではそれが普通であると言う。しかし、その理由は浴場の中に入ってディートリントは初めて理解することになる。

「……外？」

別邸の地下にあると聞いていたその場所は、ひとたび扉を潜ってみると正面の壁がなく、目の前に広がるのは雄大な自然であった。

驚きに目を見開いたディートリントに、世話役の使用人は朗らかに笑って、浴衣の上に着ていたガウンを脱がせた。

「この浴場の下は、崖になっているのです。ですから、余程のことがない限り不埒《ふらち》者も入りませんでしょう？　ですから、ここを建てられた当時の辺境伯様が、ぜひともこの景色を見て湯に浸かりたいと仰ったそうですよ」

たしかに、半円状に囲われた浴場は、バルコニーのような形状をしている。左右を高い壁に囲まれ、崖地に迫《せ》り出した洞窟――という表現の方が正しいかもしれない。

余程の手練れでなければここにはたどり着けそうもない。

「反対側には、閉鎖的な少し小さな浴場もありますが、せっかくですものね」

何がせっかくなのかと問いかけようとする前に、ディートリントの背後から声がした。

「なんだ、ディートリント。まだ浸かっていなかったのか。風邪をひくぞ？」

「……くらうす、さま？」

今まさに階段を下りてきたという様子のクラウスに、ディートリントは呆然と彼の姿を見つめた。

ディートリントとは異なり、クラウスはガウン一枚の姿でその場に立っていた。

「あとは、自分たちでやるから下がっていい」

クラウスが、付き従った使用人にそう指示を出せば、彼女が一礼して階段を上がっていく。そんな彼女を振り返ることなく、クラウスはガウンを脱いでディートリントの手を取り、彼女を湯の中に引き入れた。二人の嵩の分だけ、湯がざばりと溢れ出す。

「な……な……なんで……」

「一緒に入るかと聞いただろう？」

何でもないことのようにそう言い切ったクラウスに、ディートリントは動揺からぴゃぁっと悲鳴を上げる。

「入るなんて言ってません‼」

「……そうだったか？」

首を傾げたクラウスが、そのままディートリントの手を引いた。自ずと、そのままクラウスの膝に乗り上げる形となる。

「ク……クラウスさまッ⁉」

ぎょっと目を見開いたディートリントを気にするでもなく、クラウスはそのまま彼女を抱き込んで、ふぅっとひとつ大きく息を吐いた。クラウスの腹とディートリントの背が密着し、彼の吐いた息が首筋にかかる。

そのままクラウスが、背を浴槽の壁に預けたことで、湯がたぷんと大きく揺れた。

遠くの方で、鳥がチチチと鳴く声が聞こえてくる。非常に長閑な光景であるが、夫とはいえクラウスの膝に乗せられた状態では、落ち着けるはずもない。真っ赤になったディートリンを、クラウスがクスクスと笑った。

「ディートリントは、本当にかわいい」

「……揶揄ってます？」

むすりと不貞腐れた顔で後ろを振り返れば、ちゅっと軽い仕草で唇を奪われる。

「まさか。いつも本音で伝えているよ」

「でも、そんな顔していません」

「そんな顔って？」

クラウスが、不思議そうに僅かに首を傾げた。

「……なんか、含みのある表情をしています」

「含みのね……そうだなぁ」

一瞬考えるように視線を上に向けたクラウスに、ディートリントはむっと口を引き結んだ。

「また、そのように内緒にされるのね」

「内緒になどしたつもりはないのだが……でも、考えていることを口にしてしまうと、ディートリントが困るかもしれないよ？」

「困る？」

ディートリントが、はてと首を傾げれば、もう一度クラウスが軽く唇で触れた。

「わたしも男だから、こういうことを考えてしまうということだ」

「ひゃぁッ」

むにっと大きな手に、浴衣越しに無防備な胸を揉まれて、ディートリントは思わず声を上げた。

「クラウス様!?　……ちょ、ここ、外です～～～！」

ただでさえ一緒に入っていることで恥ずかしいのに、こんないかがわしいことをされては堪らない。もぞもぞとクラウスの手から逃げ出そうともがけばもがくほど、がっちりと太い腕がディートリントに巻き付いた。

その間にも大きな手が悪戯をしてディートリントの胸を揉み、その先端を刺激する。薄布一枚の浴衣では、ピンっと尖った先端があらわになるのだからなおさらだ。

「しっ、大きな声を出すと、上で警備している騎士たちに聞こえるよ」

いくら断崖絶壁にある湯殿と言えど、侵入経路がある以上は、王弟である彼に護衛がいないはずもない。おそらくは、何かあった際には大声を出せば聞こえる距離にいるのだろう。

クラウスと結婚してからというもの、多くの護衛騎士に見守られる生活というのにも少しずつ慣れつつある。それでも、睦愛の最中の声を彼らに聞かせるというのは、穏やかではいられない。

慌てて手で口を押さえたディートリントに小さく笑って、クラウスが彼女の首に唇を寄せる。ちりっとした痛みと共に、クラウスがその場所に吸い付いた。

クラウスの舌が、その場所を舐めて、耳朶にしゃぶりつく。濡れた音が、脳に直接響いた。

その間にも、クラウスの大きな手が、浴衣の裾を手繰り寄せ、大腿を這う。

「ん……ッ、だめッ、こんな場所で……」

大腿の感触を確かめていた指先が、秘められた場所を弄った。

クラウスが蕾を探り、優しくそこを擽る。ゆっくりとその部分を捏ねられれば、そんな刺激に慣らされたディートリントの体は、もどかし気に体をくねらせた。

「はッ、……ん……」

最初はこの場所での行為を止めさせようと固く閉じていたディートリントの内股も、クラウスが軽い力を加えるだけで、触りやすいように開いていった。

「ん……ん……ぁ……」

自身で押さえた手の間からは、絶え間なく悩まし気な声を抑えた声が漏れ出る。

明るい場所で、こうして必死で声を抑えながら淫靡《いんび》な刺激に抗うディートリントの姿に、

クラウスは己の気分が高まっていくのを感じた。

そのまま押さえる手を外させてぐっと奪うように口づけると、己の高ぶりを彼女の秘められた場所へと宛てがった。そのまま少しばかり強引に、狭い隘路へと差し入れる。

「んんんッ！　あぁぁんッ」

湯ではないぬめりに導かれるように、クラウスのそれはゆっくりとその場所に収まった。

ぐりぐりと後ろから擦り付けるようにした後、クラウスはディートリントの体を支えたまま、ざばりと湯を溢れさせて立ち上がった。

「やぁぁぁ……ッ」

そのままディートリントを奥の岩に摑まらせると、大きく腰をグラインドさせて奥を抉る。その勢いでざぶりと湯が流れ出た。

奥の方は、手前よりも深くなっているため、繋がった部分はすっぽりと湯の中に隠れてしまう。

クラウスがゆっくりと腰を動かし、あいた手が秘められた蕾を優しく捏ねる。

とても声を抑える状況でない中で、ディートリントはしたなくも声を上げ続けた。

「あ、あ、あ……ぁん！」

しかも、湯殿が洞窟のような形状になっているため、その声はとてもよく響く。

ひどくゆっくりでじれったい責め苦に、ディートリントが陥落する頃に、クラウスは己の欲望をその最奥に注ぎ込んだ。

◇◇◇

一か月ほど辺境伯の別邸でゆったりと過ごした二人は、クラウスの兄である国王の手紙により、王都の離宮へと戻ることとなった。というのも、どさくさの中で蜜月へと切り替えたために、国王が一月で痺れを切らしたからだ。

クラウスは、国王の補佐の仕事に復帰し、ディートリントはといえば、日がな一日ゆったりと離宮で過ごしている。

王妃から届く茶会の招待状には、すべてクラウスによって断りの手紙が出されるようになったからだ。そんな状況に申し訳なさ半分、ほっと安堵した気持ちが半分で、ディートリントは離宮で刺繍をしたり、読書をしたり、庭を散歩したりして過ごしている。

離宮の庭師によって、庭園の一角にディートリントのスペースも作られた。今は、苗をいくつか植えている段階であるが、少しずつ以前の生活に戻りつつあった。

そんな日々を過ごしていたある日、帰宅したクラウスを迎えに出たディートリントは、思わぬ誘いを受けることになった。

「バルディーレ歌劇団の公演ですか？」

バルディーレ歌劇団と言えば、このアルタウス国内でも一、二を争う有名歌劇団である。名だたる貴族家や王家にもファンが多く、支援者が多いため大掛かりな見ごたえのある舞台で有名だ。その公演は、毎回大盛況で、公演チケットを取るのも中々難しいと聞く。ディートリントも、かつてエルヴィーラに誘われて数度行ったことがあった。

「あぁ、招待券を貰ってね。今夜のチケットなのだけれど、どうかな?」

さすがは、王弟であると言うべきか。そもそもディートリントは、バルディーレ歌劇団の公演に、『招待券』があるということは初めて知った。

「今の演目ですと……『騎士の献身』ですか?」

離宮の侍女が、話題の一つとして話していた気がする。日がな一日引き籠っているディートリントだが、誰とも話さないというわけではない。離宮に勤めているのは、大半が下級貴族の子女や裕福な平民で、ディートリントを王弟妃として敬いつつも親しくしてくれている。

彼女たちとの雑談は、ディートリントの楽しみのひとつでもあった。

「あぁ、ディートリントも知っているかい?」

ディートリントの口から出た『騎士の献身』という題目に、クラウスの口が弧を描く。

「内容までは。ただ、非常に良かったという話だけは聞いています」

元は、とある吟遊詩人が歌った歌から人気が出て、その話題性から舞台化されたという話だったはずだ。とてもロマンチックで、結婚相手は騎士にしようかとまで口にする侍女がいたほどだ。

「そうなのか。それは、楽しみだな」

どこか満足げに首肯したクラウスに、ディートリントは僅かに首を傾げた。

「クラウス様は、観劇がお好きなのですか？」

少しだけ意外な気がして、そう問いかければ『否』とクラウスが否定した。

「誘われれば観に行く程度だな。社交の一環程度の認識だね」

「はぁ」

その割には、どこか嬉しそうで、なんだか腑に落ちない。

「せっかく王都に戻ってきたんだ。たまには、そういうデートもいいだろう？」

辺境伯領では、馬に乗って散策したり、小舟に乗ったりと、長閑《のどか》な生活がほとんどだった。観劇と聞けば、クラウスが言う通り社交活動になる。デートと言えばそうなのかもしれないが、どうしても周囲の目線は気になるものだ。

特に、今は王妃の茶会にも出ていない完全な引き籠りだ。どんな噂を立てられているかわかったものではない。

そんなディートリントの気持ちを汲み取ったのか、クラウスが彼女を安心させるためか肩を抱いた。

「大丈夫。王族専用の貴賓室がある。何も遠慮はいらないよ」

「え？」

予想外の言葉に、その真意を問いただす間もなく、ディートリントは、侍女たちによって華やかに飾り立てられて歌劇場へと送り出された。


幼い頃から互いに思いあっていた二人。しかし、高貴な令嬢であった彼女は、早々に王子の婚約者に決まってしまう。

幼い彼は、そんな彼女を陰ながら一生守り続けようと心に誓い、騎士の道を志す。

大人になった二人は、主従としての立場を崩さず粛々と過ごす。彼女の結婚間近という時期に、国際情勢の変化により婚約者の王子は、外国から王女を妻に迎える必要に迫られる。

それに伴い、王子と令嬢の婚約は解消。

外聞のために修道院へ入るという彼女に、そんな選択を選ぶのであれば、この手を取ってほしいと騎士が求婚するのだ。

——貴女の一番傍でいついかなる時もその身を守り、死が二人を分かつその時まで貴女の盾でありたい——

武骨で一見するとロマンチックとは言えないその騎士の言葉も、彼の真っすぐな心根と純粋な彼女への思いによって、彼女の心を動かすのだ。

——ばかね。盾になんてならなくていいの。ただ、最後の時まで傍にいて——

盛大な割れんばかりの拍手が会場内を埋め尽くす。

舞台上では、主演を務めた二人の男女が、仲睦まじげに手を取り合ってその声援に応えていた。

「これって……ペッシェル公爵令嬢とそのご夫君の……」

王族専用のボックス席で、ディートリントは、誰に向けたわけでもなくぽつりと漏らした。

「さぁねぇ？」

そんな彼女に、まるで正解であるとでも言うようにクラウスが口の端を上げる。クラウスの反応に、彼の言う種まきとはこのことだったのだと、ディートリントは知る。

王弟妃としての教育に、印象操作も含まれていた。いかに、自然にこちらの意図した印象を植え付けるのか。それは、自然に見えれば見えるほど良い。

王弟妃であるディートリントですら、そのような教育があるのだ。王弟として、王子として生きてきたクラウスであれば、もっと高度な教育を受けていてもおかしな話ではない。王弟として、アデリナと噂されているような関係ではないと、言い切ってしまうことは簡単だ。しかし、それは他の憶測を呼ぶことも考えられるだけでなく、影でくすぶり続けることも否定できない。

人は、信じたいものを信じる生き物だ。

であれば、夢を見られるような話を準備してやればいいということなのだろう。

この『騎士の献身』は、元は吟遊詩人が広めたものだ。あたかも自然発生的に生まれ、爆発的に人気が出たように見せかけているが、それが意図されたものであったとすれば……それは、どこからであったのか。

「でも……わたし王女じゃありません」

そう言って眉を下げたディートリントに、クラウスは声を上げて笑った。

「この近隣諸国で未婚の適齢期の王女がいるのは、わが国だけだな」

クラウスが言う通り、近隣国にはちょうど年頃の王女は偶然にもいない。王族女性の婚姻年齢が比較的早いということもあるが、その誰もがすでに嫁いでいるか、幼い者たちばかり。

この国の王女ですら、まだ七歳。婚姻年齢には少しばかり早い。他国に至っては、まだ赤子や幼児といった年齢だ。

つまり、歌劇のように王子……つまりクラウスに嫁いでくる王女はいないわけである。

そして、その結果クラウスと結婚したのは、ディートリントであったのだ。

「だからこそ、わが国の王女には価値がある」

突然変わったようにも思える話題に、ディートリントは瞳をパチクリさせた。

クラウスの姪《めい》である王女には、ディートリントも一度だけ挨拶をしたことがある。基本的に未成年王族は、公の場に姿を現すことはない。それにもかかわらず、ディートリントが彼女を知っているのは、国王夫妻への結婚の挨拶の場に彼らの子供が同席したからだ。

王家の末の王女は、七歳の可愛らしい少女だ。彼女の他に、上に王子が二人いて、第一王子は、数年後に成人を迎える十三歳。その下の第二王子は、十一歳だ。

三人とも婚約者は決められておらず、いずれ最適な人選がされるのではと言われていた。

「ハーヴィに行ったのはね、王女と婚約をという話があったからなんだ」

「……婚約、ですか？」

いきなり変わった話題に、ディートリントは瞳を瞬かせた。

「相手は、ハーヴィの王太子の第一子。そのまま何事もなくいけば、次代の王太子だね」

現在のハーヴィ国王は、高齢だ。王女の相手となるのは、国王の孫にあたる。

「クラウス様は、その話を纏めに行かれたのですか？」

「その前段階だな。まずは、王子を見極めに。いや……正しくは、ハーヴィ自体を見極めに、という方が正しいかな？　可愛い姫を預けるに足る国で、相手であるのかをね」

つまりは、決定権はアルタウスにあるということだ。そしてそれは、国王の名代であるクラウスにあるということ。

「それで、クラウス様は　相応しいと思われたのですか？」

「まぁ、妥当なところではあるかな」

「妥当……？」

可とも不可とも言わず、曖昧な表現をしたクラウスに、ディートリントは小さく首を傾げた。そんな彼女の姿に、クラウスが苦笑を漏らす。

「我が国がハーヴィと繋がれば、確実にトードルトを牽制《けんせい》できる。結果的に二国に挟まれることになるからね」

ハーヴィとアルタウス二国間の大半は、トードルトが間に入るのだ。そんな不完全でトードルトにとっては脅威にしかならない国境線であるからこそ、トードルトは戦争に躍起になる。

「あちらの王子もいい子だったよ。あのまま真っすぐに育ってくれるといいのだけれどね」

現状であれば、及第点であるというところか。とはいえ、幼少期からの婚約は、その関係性が不安定なことも多い。

「なんでこんな話をしたかと言うと、あながち我々も政略結婚と呼べないこともないということが言いたくてね」

「政略結婚、ですか？」

確かに、ディートリントとクラウスは、王命によって結婚した。しかし、そこに政治的な話は何もなかったはずだった。ただ、早とちりと勘違いで進んでしまった関係だと説明したのは、紛れもなくクラウスであった。

「まぁ、後付けみたいなようなものだな」

そう言って、クラウスが小さく笑う。

つまりは、国としては大事な王女を嫁がせるにあたって、何重にも保険をかけておきたいという話なのだ。

ハーヴィと領地を接しているのは、この辺境地だけ。つまり、王女に何か事が起こった際には、一番に辺境伯に動いてもらわなくてはいけない。最悪の話、辺境伯家にハーヴィやトードルトと手を組まれては手も足も出せなくなるのだ。

そうなった場合に、一番いいのは辺境伯家と王家が縁を繋ぐこと。しかし、辺境伯家にはクラウスや王子たちと縁組する令嬢はいない。もちろん、王家側にとっても王女は今回の話が出ている第一王女だけだ。

それに、辺境伯はすでにエルヴィーラと婚姻を結んでしまっている。

そこで、目をつけられたのが、ディートリントということになる。二人は従姉妹という血縁関係にあり、その仲も非常に良好だ。つまり、エルヴィーラとディートリントを介して辺境伯家と王家が繋がることになる。

「……随分と遠回りですのね」

もっと手っ取り早く、辺境伯家の縁戚から王家に嫁がせるという選択肢の方が、早いはずではないのかと誰もが思うだろう。

「よくあることだよ。みな、比較的身内には甘いしね。それに、あくまでも建前だ」

「建前……ですか」

「あぁ、社交界であまり居心地の良い思いをしていないのだろう？　義姉上のこともあるしな」

「……」

王妃だけとの関係を見れば、可もなく不可もなくだ。ディートリントは、あくまでも教えを乞う立場であり、それについては何も文句は言えない。元々そういう教育を受けてはこなかったのだから仕方ない。

しかし、王妃主催のお茶会という名のディートリントの披露目会は、針の筵《むしろ》と言えた。

顔を曇らせたディートリントに、クラウスが眉を下げる。

「もちろん、それはわたしの不徳の致すところなのだが……」

「そんなことありません！　ただ、わたしが上手にできないから……」

きっとそれなりの教育を受けていれば、あんな扱いは受けなかったはずだ。少なくとも、結婚前から社交界で顔を売っておけばよかったのだ。それを、エルヴィーラの背に隠れて何となくやり過ごしてしまった上に、途中からは完全に領地に引き籠っていたのだ。

「そんなことはないよ。ディートリントは、ちゃんとやっている。ただ、結婚するつもりがないからと、兄に好き勝手させておいたわたしがいけなかったのだ」

「う……それは……はぃ」

その言い分を否定することはできなくて、ディートリントが気まずげに首肯すれば、クラウスはばつが悪そうに笑った。

「そのせいで周囲は勝手に思い込むし、アデリナにも散々文句を言われた」

「クラウス様は、ペッシェル公爵令嬢ととても親し気ですもの……」

「なんだ、やきもちか？」

にやりと少し嬉し気に笑ったクラウスに、ディートリントは口を尖らせた。

「すまない、すまない。嫉妬してもらえたのが、嬉しくてな」

クスリと笑ったクラウスが、ディートリントの頬に触れる。

「とにかく、わたしとそなたの婚姻は、必要だったのだよ。だからこそ、誰に責められる謂《いわ》れもなければ、長年婚約者候補とされていた高貴な令嬢が、長年思いあっていた相手と結婚できたのならば、それは幸せなことだろう？」

まるで予定調和のようにそう完結されて、ディートリントは窺うようにクラウスを見上げた。

「やはり、クラウス様が手を回したのですか？」

「少しだけ種まきを依頼しただけだよ。でも、無事に実って大きな収穫ができそうで良かった」

種まきとはどこからかと問いかけようとして、詮なきことだと思い至る。おそらく、最初からなのだろう。つまり、彼がハーヴィから帰国する頃には、噂も憶測も全て落ち着いて、視線を他所に反らすつもりだったのだ。

「……ありがとうございます」

そっと身を寄せて礼を言えば、大きな手が、ディートリントの髪を優しく撫でてくれた。

クラウスが言ったように、『騎士の献身』が有名になればなるほど、アデリナとクラウスの噂は初めからなかったかのようになりを潜めた。

嘘のように誰も彼もが好意的で、拍子抜けするほどであったほどだ。

もちろん、それは王女の婚約が発表されたことも大きいだろう。婚約発表の場として開かれた夜会は、アルタウスの王妃こそ病気療養中のため欠席であったが、両国の重鎮が参加し、大々的に開催された。それに伴い、自ずとディートリントとクラウスの婚姻が、王命であったと知れ渡ることになる。

もちろん、クラウスの妻の座を狙っていた家や令嬢たちからは、羨ましいといった視線を向けられることは多々あるが、表立って敵視する者はいない。

「本当に、暑苦しいほどそばに張り付いていますのね、殿下」

本日も豪奢《ごうしゃ》な装いで現れたアデリナが、クラウスに呆れた視線を向ける。

「暑苦しいとは酷い言いがかりだな、アデリナ」

「言いがかりなものですか。ディートリント様、嫌ならば嫌だと仰った方がよろしくてよ？」

そんな彼女の半歩後ろには、まるで忠実な騎士のように控える彼女の夫の姿がある。

そんな二人の姿を、年若い令嬢たちが頬を染めて熱い視線で見つめている。おそらくは、『騎士の献身』そのものな二人の姿に、興奮しているのだろう。そんな周囲の視線に、扇越しにアデリナが小さく舌打ちする。

「全く、そもそもあの茶番はなんですの？　周りの視線が煩わしいったらありませんわ！」

「茶番なものか。真実を声高に語らせただけのこと。悲劇の中の二人が幸せになったことで、誰も彼もが喜んでよかったじゃないか」

あっけらかんと開き直ったクラウスの言葉に、アデリナは眦《まなじり》を吊り上げる。

「そのせいで、役割を求められて彼は未だに護衛騎士の姿から抜けられませんのよ！」

彼と言われた彼女の夫に視線を向ければ、困ったように彼が眉を下げた。

「自業自得だろう？　わたしの結婚が決まったすぐ直後に結婚なぞするからだ。おかげで余計な憶測を生むことになっただろうが」

クラウスがそう言って、ギロリと二人を睨みつけた。

「それは……」

思うところが多少はあるのか、アデリナが言葉を詰まらせる。彼女の夫の方もどこか気まずげだ。

「少し時間をおけと兄上にも言われたそうじゃないか。それをそなたたちが強行したせいで被害を受けたのはディートリントだ」

厳しいクラウスの指摘に、思うところがあったのか、アデリナが殊勝な態度で眉を下げた。

「それは、申し訳なく思っておりますわ。でも、そもそも殿下がもっと早く行動を起こしてくだされればよかったのに……！　聞けば、出会ったのは三年前の我が家の仮面舞踏会だと言うではないですか！」

「それは……」

今度は、言葉を詰まらせたのは、クラウスの方だった。そんなクラウスの反応を見て、アデリナがここぞとばかりに追撃する。

「なぜ『白薔薇の君』をディートリント様と間違えるのか……理解に苦しみますわ。もちろん、お二人ともよく似ておいでですけれど、『白薔薇の君』は男装の麗人として有名ですのに」

ばさりと扇を鳴らして、アデリナが呆れたようにクラウスを見上げた。

「あの夜、辺境伯夫人は、赤髪だった。『白薔薇』と言われて、彼女を想像するのは無理があるだろう」

顔を顰めたクラウスを、アデリナが鼻で笑い飛ばす。

「仮面舞踏会ですもの、髪色を変える方などたくさんおりますわ」

「……」

「それに、たしかあの夜、わたくしは、『白薔薇の君』が婚約間近だとお話ししましたわね？」

「……」

クラウスの無言の肯定に確証を得たのか、アデリナがその瞳を眇《すが》めた。

「本来であれば、当面は王都に残ると聞いていたのにもかかわらず、あの夜以降すぐに戦地に戻られましたわね」

「……」

どこかばつが悪そうに、クラウスが視線を逸らした。そんな彼をふんっと鼻であしらって、アデリナは視線をディートリントに向けた。

「ディートリント様も、お気を付けになって。この方、ご自分の興味がおありになることしか認識なさいませんの。どれだけこちらが訴えてもなしのつぶて。わたくしは、あっという間に二十六で行き遅れですわ。結婚を急いだとしても仕方ないでしょう？」

猫なで声でそう言ったアデリナに、クラウスが表情を変える。

「ディートリントに同意を求めるな。どちらかと言えば、彼女は被害者だ」

「まぁ！　まるでご自分に問題がないかのように仰って。殿下も同罪なのですからね！」

わざとらしいほどに瞳を見開いたアデリナが、手にした扇をビシリと刺した。

「それについては、悪いと思っている」

「んまぁ！　今夜はとても素直でいらっしゃいますこと」

にんまりと得意げに笑ったアデリナに、クラウスは盛大に溜息を吐いた。

ディートリントはと言えば、二人の応酬に目を白黒させるばかりである。

「そう言えば、『白薔薇の君』ですけれど、婚家の方の状況が思わしくないようですわね」

「辺境伯家が？　特に問題があると報告は受けていないが」

さらに声を潜めたアデリナに、クラウスが顔を顰めた。

「子爵家が取りつぶしにあったでしょう？　何でもトードルトの第三王子と管財人が繋がっていたとかで」

ディートリントの誘拐事件で発覚した、バロー子爵の甥によるトードルトとの癒着。エルヴィーラを誘拐し、辺境伯を脅してアルタウスの守りを崩し、辺境伯領一体をトードルトに差し出すつもりだったと、彼の管財人は自供した。

今まで女性の影もなかった辺境伯が、新妻を溺愛しているという話から、上手く行くのではないかと彼の第三王子が言い出したらしい。

実際に第三王子と繋がりがあった子爵家の管財人は、死罪を言い渡された。子爵の甥であった彼は、子爵が王都に滞在していることを良いことに、かなり好き勝手やっていたようだ。

子爵に至っては、管理不行き届きとして、爵位没収の上強制労働に従事することが決定している。その他の親族については、貴族籍からの離籍で済まされた。

それにより、子爵家は取りつぶし。子爵領は、王家預かりとなったという。

そして、第三王子に至っては、アルタウスがこの事実をトードルトに抗議し、現在行われている和平交渉をさらに有利な方向に進める材料にされている。

「ディートリント様が巻き込まれたことで、みな足が遠のいてしまったみたいで……」

辺境伯領に向かう途中で、ディートリントが犯罪に巻き込まれたことは、子爵家の管財人とトードルトの第三王子を罪に問うために公表されている。もちろん、彼女の身が無事であったこと、事件は未遂で終わったことも併せて周知されている。

それでも、どうしてもよくないイメージはつくものだ。

ディートリントには、優秀な護衛がついているからこそ何事もなく無事で済んだのだ。大した護衛も雇えないのであれば、滞在するには危険が付きまとうのではないか。それならば、わざわざ関係が悪化しつつあるトードルト側でなくとも、他にもリゾート地と呼ばれる場所は国内にあるのだから、そちらに流れるのは必然だろう。

「それは、あまり良くないな。今後のハーヴィとの関係を考えても、官民ともに交流は盛んにしておきたい。それには、辺境伯領は決して避けては通れない」

「ええ、ですから、早急に手を打った方がよろしくてよ？　印象操作は、殿下の得意分野でしょう」

嫌味《いやみ》とも取れるアデリナの言葉に、クラウスは僅かに顔を引きつらせた。

そんな表情に溜飲が下がったのか、アデリナは、夫を連れて優雅に去って行く。

「クラウス様……」

「……何だい？」

どこか疲れたような表情でディートリントを見下ろしたクラウスに、聞いてもいいのだろうかと、一瞬逡巡する。

「何か気になることでもあったか？」

「……その、お姉さまがお困りなのでしたら、ぜひともお手伝いがしたいです。お姉さまは、いつもわたくしを助けてくれますもの」

それもまた、紛れもないディートリントの本音だ。

「……これに関しては、印象操作はさほど難しくはないだろう」

ディートリントの肩を抱いたクラウスが、少し思案した後に、彼女の耳に顔を寄せた。

「惚気……ですか？」

思わぬ言葉に、ディートリントはぱちくりと瞳を瞬かせた。

「そうだ。わたしたちが、彼の地で蜜月を過ごしたこと。そして、それがいかに素晴らしかったかを伝えるだけでいい」

「そんなことで、みなさんの印象が変わるのかしら？」

首を傾げたディートリントに、当然だとクラウスが胸を張った。

「変わるだろうさ。一番の被害者であるそなたが、その素晴らしさを語るのだ。そして何よりも、ディートリントは、今いちばん注目を集める人でもある」

周りを見回してごらんと言われて、ディートリントが視線だけで周囲を窺えば、その間にも、周囲の人たちからは、一挙手一投足視線が集まっている。

どだ。

クラウスが、ディートリントの耳元で囁くだけで、小さな黄色い悲鳴が各地で上がるほどだ。

「まずは、興味を持たせることが重要だ。いかに行ってみたいかと思わせることがね」

なるほどと、ディートリントがひとり納得していると、こちらに向かって歩いてくる人たちが視界に入る。独特の文様が入った正装は、異国情緒あふれるデザインだ。

「王弟殿下は、新婚でいらしたのですな」

その中心人物と思われる人が、親し気にクラウスに話しかけてきた。彼は、夜会が始まる時に、ハーヴィの全権大使だと紹介されていた人物である。

「ええ、恥ずかしながらつい最近結婚したところなのです」

にこやかに受け答えたクラウスに、大使が相好を崩す。

「こんな可愛らしい奥方だなんて、殿下も隅に置けませんな」

「ええ、最高で最良の妻ですよ」

謙遜することもなく、あっさりとそうクラウスが認める。それにぎょっとしたのは、ディートリントである。

「ははは、それは素晴らしい！　是非とも、わが国の王子と貴国の第一王女殿下にもそのような夫婦となっていただきたいものです」

そんなクラウスの態度に、大使が豪快に笑う。彼の後ろに控えていた外交官たちも、同様にどっと沸いた。

「ええ、同感です。王太子殿下は、聡明《そうめい》なお方です。わたし以上に素晴らしい夫となってくださることを期待していますよ」

そんなクラウスの返答に、ハーヴィの大使は力強く頷いた。

「では、殿下がハーヴィにいらっしゃった時は、本当に結婚直後だったのではないですか？」

「そうなんです。ですが、どうしても直接お話したくて。でも、その甲斐がありましたよ」

新妻を置いてでも、有意義な滞在だったと言われれば、大使たちも悪い気はしないのか、顔を見合わせて満足げに頷きあう。

「そう言っていただけますと光栄です。でも、新婚早々仕事では、ゆっくりと蜜月を過ごすことも難しかったのではないですか？」

その一方で、どこか心配げに問いかけた大使に、クラウスとディートリントは、二人で顔を見合わせて小さく笑った。ちょうどタイミングが良かったと言える。

「実は一月ほど休みを取って、妻とはゆっくり過ごしましてね」

口火を切ったのは、クラウスだった。

「おや、それはいいですね」

「ハーヴィとの国境沿いの辺境伯領は、昔から保養地としてわが国では有名なのです」

「そのようですね！　我々も、滞在させていただきましたが、大変すばらしいところでした」

ハーヴィの影響が色濃く表れる辺境伯領は、彼らにとっても過ごしやすい場所なのだろう。満足げに頷いた大使に、クラウスが笑みを深めた。

「そうでしょう。辺境伯夫人と妻は、従姉妹同士でして。それに、夫人は妻をとても可愛がってくれるので、ご厚意で辺境伯家の別邸を借りて一月ほど蜜月を過ごしました」

クラウスの言葉に、一部の女性陣が騒めく。そして、それは大使も同様であった。

「なんと！　奥方は、辺境伯夫人の親族の方でしたか。たしかに、色合いがとても似ていらっしゃる」

予想外に親し気な視線を向けられて、ディートリントは、ぱちぱちと瞳を瞬いた。

「あら、辺境伯夫人をご存じですか？」

「ええ、もちろんですとも。こちらに参る際には、我々もご挨拶させていただきました。それに……実は、わたしはあの方の同期生でもあるのです」

少し照れを含んだ表情で、大使が頬を搔いた。

彼が、アルタウスに留学していたという事実はないであろうことから、予想できるのは、エルヴィーラが嫡子教育の一環で留学していた時の友人だろう。

「まぁ！　では、辺境伯夫人の留学中のお友達でいらっしゃるのですか？」

「お友達……というのも烏滸《おこ》がましいですが、それなりに親しくしていただきました。ただ、多少風変わりな方でしょう？　しっかりと騙されましたな」

つまり、エルヴィーラの男装姿のことを言っているのだろう。留学していた国は、自由を愛する国である。

「あちらの国は、服装には寛容だと聞きますもの。辺境伯夫人のあの姿は、こちらの若い女性には大人気なのですよ？」

暗に、このアルタウスでも受け入れられていると言えば、大使が苦笑交じりに頷いた。

「でしょうな。あちらでも大層人気がありました。男である我々が霞むほどに」

それは、何となくディートリントでも想像できる。エルヴィーラの男装姿は、女性の理想を具現化した姿をしているのだ。

とはいえ、それをはいそうですかとも言えるわけもなく、当たり障りなく相手を褒めておく。これは、王弟妃教育の一環で教わったことだ。

「ご冗談を。外交官様は、こんなに素敵なんですもの。霞むなんてことはありませんわ」

「おや、ディートリント。そなたは、彼のようなタイプが良いのかい？」

そんなディートリントの珍しい発言が気になったのか、クラウスがわざとらしく片眉を上げて見せる。

「まぁ！　クラウス様ったら」

そっとクラウスの腕に手を触れれば、彼がディートリントのこめかみに唇を落とす。どこからどう見ても、新婚夫婦である。

「ははは！　これはあてられてしまいますな。でも仲が良くて素晴らしい。ぜひ、今度長い休暇を取る際は、わが国にもお二人で遊びに来ていただきたい。新婚のご夫婦にお勧めできる場所が色々ありますからね」

にこやかに受け流した大使に、ディートリントとクラウスは、顔を見合わせて笑いあう。

「あら、素敵」

「そうだな。いずれまた行かせてもらおう」

にっこりとお互いに笑顔で握手を交わす。

ハーヴィの王太子と自国の王女の婚約は、大きな話題のひとつであるが、幼い彼らが表舞台に現れるのはもう少し先のこと。それよりも、精力的に活躍する王弟と彼が娶ったという妻の方がどちらかと言えば注視されている。

今までは、トードルトを刺激しないようにとハーヴィとの関係も消極的であったが、これからそれも変わってくるのだ。人と物がもっと行き来するようになり、交流も活発化する。

その主力となるのは、辺境伯家であり、また今回の話を主導したであろう王弟クラウスであった。それゆえか、王弟殿下が、妻と共に蜜月を過ごしたのは、辺境伯領にある辺境伯の別邸であるという話は、瞬く間に広がった。

クラウスが不在の間は免除されていたとも言える社交も、彼が王都にいる間は必要となる。彼に同伴する形で参加する会は、ぐっと増えた。

あらゆる主要な催し物で話題の王弟夫妻が現れれば、必然的に噂の真相を確かめたくなるもの。クラウスが、席を外したタイミングを見計らって、ディートリントの周りには女性たちが集まるようになった。

「ディートリント様、蜜月は辺境伯様の別邸でお過ごしになられたとは本当ですか？」

我慢ならないとばかりに、ずいっと身を寄せた年若い少女に、ディートリントは苦笑交じりに首肯した。ディートリントの傍に控えていた侍女が、渋い顔をするものの、大丈夫だと視線で制止する。

こうした成人したばかりの少女たちは、年長者にいかに『白薔薇の君』が素晴らしいかを聞かされてデビュタントを迎えるのだ。しかし、いざデビューをしてみれば、当の本人は既に辺境伯夫人となっており、会うことができなかった者が大半だという。

そんな憧れの人である『白薔薇の君』と近しいであろう相手が目の前にいるのだ。どうしても好奇心を抑えられないという気持ちはわからなくはない。

「ええ、そうなんですの。クラウス様が、ハーヴィにちょうど赴かれる時でしたので、それに合わせてあちらで滞在させていただきましたの」

　彼女の行動に難色を示していた年長の貴婦人たちも、ディートリントがそれを咎めず、彼女の望む答えを与えている姿を見れば、興味も湧くというものだ。こっそりと聞き耳を立てていた人たちも、さりげなく輪に加わって来るのだから、エルヴィーラの人気は衰えるところを知らないのだろう。

　しかし、それも結果的にディートリントの思惑と一致しているのであれば、ありがたく利用させてもらうだけのこと。ことを為すぞと気合十分に、ディートリントは満面の笑みを浮かべて見せた。

「まぁ！　羨ましい。ディートリント様は、白薔薇の君と親しくされていますものね」

　心底羨ましいと言うように、声をかけてきたのは、エルヴィーラの自称親衛隊長だ。歳は、ディートリントよりも一つ上だったと記憶している。

　社交デビュー直後、彼女たちに排除されかかったことがあるが、その際にはエルヴィーラが庇ってくれたことで難を逃れた。それ以降は、エルヴィーラの従妹として配慮されている。

「エルヴィーラ様とは従姉妹ですの。幼い頃からよくしていただいていますわ」

「羨ましい！」

　最初の少女が、本音が思わず溢れ出たとでも言うように、手巾を握りしめた。

「あの方が、遠方へ嫁がれて、どれほどの令嬢が涙したことか……」

そうぽつりと悲しみを漏らしたのは、親衛隊の一人である令嬢であった。

「先日の王女殿下の婚約発表の宴で、白薔薇の君に「ぜひ遊びにいらして」とお声がけいただきましたわ」

そんな彼女に、某子爵夫人が、どこか得意げにふふんとマウントを取る。

「なんですって！　なんて羨ましい‼」

「わたくしも社交辞令でも言われてみたい！」

誰も彼もが、エルヴィーラの信奉者という一種異常な光景に、ディートリントは僅かに苦笑する。

「でも、流石に辺境伯領までは参れませんでしょう？」

そうぽつりと漏らしたのは、先ほど声をかけられたとマウントを取った子爵夫人だ。

「そうですわよねぇ。距離も距離ですし」

「それに、物騒な噂がありましたでしょう？」

ちらりと、数人がディートリントに視線を向ける。

「……ここだけの話、本当に大丈夫でしたの？　ディートリント様」

そっと声を潜めて問いかけたのは、レティシアだ。彼女が、『白薔薇の君』の親衛隊のメンバーであるのか、それとも茶会に出席しないディートリントの状況を確認しに来たのかは定かではなかった。

「何のことでしょう?」

ディートリントは、僅かに首を傾げてみせた。

どこか急にひんやりとした空気を感じたのはなぜなのか。数人の令嬢たちが、空気が変わったことにか、互いに顔を見合わせる。

「いえ、何でもトードルトの陰謀に巻き込まれたと伺いましたわ」

さらに声を潜めた彼女に、ディートリントは悠然と微笑んで見せた。

「あぁ、そのことでしたら問題ありませんわ。わたくしには、優秀な護衛をつけていただいておりますから。ほら、今も皆様の後ろに」

ちらりと彼女の背後に視線を向ければ、そこには間近に迫った侍女の姿がある。双頭の影、ノインである。

「ひゃっ」

「いつの間に……ッ、ぶ……無礼ですわ!」

声を荒らげた彼女に、ディートリントは小さく笑って見せる。味方が傍にいるというのは、なんと心強いことか。虎の威を借りる狐でも構わない。そもそもが、クラウスと結婚さえしなければ、こんなことを求められることもなかったのだから。

「わたくしの護衛を兼ねた侍女ですわ。彼女の他にも、この部屋に数名おりますの。ですから、ここだけの話だなんて、無理な話ですわね」

暗にすべてクラウスに筒抜けだと言えば、彼女たちが何とも言えない表情を浮かべる。それもそうだろう。このような会に、わざわざ侍女など連れてこない。それも、今回は王家に関連する家が主催した会ではないのだ。

それを堂々と侍女として護衛を入れる。それがどれほどのことなのか、彼女たちも気付いたのだろう。

ここには、彼女たちの行動を擁護してくれる王妃はいない。王弟妃たるディートリントと、彼女たちの関係が、明確になった瞬間であった。

「そ……そうなのですね。これだけ厳重に守られていれば、何も心配はいりませんわね」

レティシアが、上ずった声を上げる。それに追従するように、他の令嬢たちも手のひらを返したように話題を変えにかかった。

「御身を心配するなどと、無粋なことをいたしましたわ」

「そうですわよ！　王弟殿下のディートリント様への慈しみようときたら……見ているこちらが恥ずかしくなるほどですわ」

「ええ！　ハーヴィの大使の前でも堂々と惚気られて、彼の方を困らせたとか」

そんな彼女たちの様子に、ある者は不思議そうに首を傾げ、ある者は憐みの目線を向けた。

「そういえば、お二人の出会いはどちらですの？」

微妙な空気を変えるためか、一人の令嬢がそう問いかけた。

「わたくしたちは、王命での政略結婚ですの」

はっきりとそう言い切れば、問いかけた彼女が瞳をぱちくりと瞬かせた。王命でディートリントとクラウスを結婚させる意味合いが理解できなかったのだろう。

すると、話を聞いていた他の令嬢が明るい声を上げた。高官の娘である。

「あら、そういえばそんな話を伺いましたわ。王女殿下の婚姻に伴ってというものですわね」

家族に、官僚を持つ娘たちが、頷きあう。

「ええですから、たまたまご縁をいただけただけなのです。でも……」

そこでディートリントが声を潜めれば、令嬢たちが僅かに身を乗り出した。

「初めてクラウス様をお見掛けしたのは、ペッシェル公爵家の仮面舞踏会なのです」

「まぁ！」

ペッシェル公爵家の仮面舞踏会は、若い令嬢たちに人気の会であるらしい。招待客は、身元がしっかりしている上に、仮面舞踏会といえどもいかがわしいことは一切ない。ただ純粋に、身分を隠して出会いの場を提供するというものだ。

「彼の噂の舞踏会ですわね！」

参加したことがある者も無い者も、どこか頬を高揚させて熱い眼差しを向ける。

「実は、わたくし一目惚れでして……」

ディートリントの言葉に、彼女たちが黄色い声を上げた。

「んまぁ！」

「王弟殿下はとても素敵ですもの。その気持ちもわかりますわ！」

口々に同調する女性たちに、苦笑しながらもディートリントは頷いた。

「楽しそうだね。何の話をしているのかな？」

突然現れた王弟の姿に、令嬢たちがさらに黄色い声を上げる。

「まぁ！　王弟殿下」

そうにこやかに返答したのは、某公爵家の夫人だ。表向きな繋がりはないが、陰でディートリントを補佐するようにクラウスから依頼を受けた人である。

「すまないね。女性だけの時間を邪魔してしまって」

「いいえ、お会いできて光栄ですわ」

にっこり笑った公爵夫人に、クラウスが、手の甲に挨拶する。彼女が、ディートリントを除けば、最もこの場で身分が高い女性だ。

「それで、なんの話を？」

「ディートリント様が、ペッシェル公爵家の仮面舞踏会で王弟殿下に一目惚れなさったという話ですわ」

うふふと含み笑いをしながら答えた公爵夫人を、ディートリントは咎めるように声を上げた。

「公爵夫人！」

「王弟妃殿下、わたくし口止めされた記憶はございませんことよ」

にこりと笑ってそう言い切られてしまえば、当然彼女が言い返せるはずもない。少しばかり印象を良くしようとしただけなのにもかかわらず、それをクラウスに聞かれるなど恥ずかしいにもほどがある。

「それはいいことを聞いた」

にやりと意味深に笑ったクラウスに、ディートリントはそっぽを向く。

「ひどいわ。みんなしてわたくしを揶揄って……」

「揶揄ってなどいないよ。わたしもあの日、そなたに惹かれたのだ。そう話して聞かせただろう?」

僅かに頬を染めたディートリントに、ある者は顔を見合わせ、ある者は微笑まし気な視線を向ける。

「だからこそ、ペッシェル公爵令嬢には、感謝しているよ。あの頃は、早く誰かを見初めて結婚してくれと、散々言われたものだが……こうして添い遂げたいと思える相手に出会えたのだからな」

　クラウスの言葉に、令嬢たちが「きゃぁ」と小さく楽し気な声を上げる。おそらく、『騎士の献身』を重ねているのだろう。

「まぁ、王弟殿下ったら。馳走様ですわ。でも、殿下の話が本当であれば、あの歌劇はあながち作り話というわけでもなさそうですのね」

　公爵夫人が上げた『騎士の献身』に登場する王子は、政略結婚の相手である王女と仲睦まじく、良き君主となる姿を遠い場所から眺めるヒロインの場面があるのだ。

「さぁなぁ、あいにくと歌劇には疎くてね。ディートリントと観には行ったが……どうであったかな」

　そう言って、意味深な視線をディートリントに向けたクラウスに、「知りませんわ」とディートリントは顔を逸らした。

　ディートリントが『騎士の献身』を見に行った頃と時を同じくして、王妃は夫である国王に、王妃として執務室に呼ばれた。

　最近の社交の場は、どこの催しに参加しても、聞こえてくるのは王弟夫妻の仲睦まじい様子ばかり。それをどんな歯痒い思いで王妃は聞いただろうか。

　彼女が王妃となってからというもの、社交界の中心はずっと彼女であった。

義父である先代国王が、若くして亡くなったために、年若い新王を支える名目で、彼女は僅か十四歳で新王の婚約者となり、成人の十六と同時に王妃となった。

祖父は議会派の重鎮で爵位こそ侯爵であったが、何年も宰相の任についていたこともあり、派閥では最大勢力を誇っていた。それに加え、四家ある公爵家のうち、新王と年の近い令嬢を持つ家はペッシェル公爵家だけ。彼の家の令嬢は、新王と従妹という間柄であるため、血が近いと言う理由から候補から外された。当時まだ十になったばかりだというのも理由であったのだろう。

そうして、彼女が侯爵令嬢ながら新王の妃に選ばれた。

北の大国出身の王太后は、新王の即位と共に北の修道院へと隠居を決め込み、嫁姑問題と言われるようなものは一切なかった。そもそも他国出身の王太后に、教えを受けることなど何もない。

十七の歳に第一王子を産み、その二年後にはスペアとなる第二王子を、四年後には王女を産んだ。誰もが彼女を褒め称え、そして誰もが彼女を羨んだ。

唯一目障りであったのが、義弟であるクラウスである。

この国では、成人を迎えて初めて立太子される。つまり、若くして王位についた夫の子は、たとえ第一王子であったとしても王太子ではない。とはいえ、王太子不在では新王の負担が大きすぎる。

そのために、事実上の王太子の職を担っていたのが王弟であるクラウスであった。

先代国王と同じ、古《いにしえ》の王家の色を持つ王弟。それに加え、膨大な王太子の仕事を難なくこなす実力。凡庸な第一王子でなくとも、このまま王弟殿下に王太子の席を担ってもらった方が、国としては都合が良いのではないかなんて声も聞こえてくる始末。

そんなこと、許せるはずもなかった。

「……陛下、もう一度仰ってくださいます？　わたくし、聞こえませんでしたの」

国王の執務室に呼ばれ、夫である彼に告げられた言葉に、彼女は自分の耳を疑った。

執務室にいるのは、夫である国王と王弟。国王の侍従のみである。そこで淡々と告げられたのは、まだ幼い王女の婚約話であった。

「……王女の婚約が決まった。相手は、ハーヴィの王太子の第一子である王子だ」

「……あの子は、まだ七歳ですのよ？　それも、国外だなんて」

そう、まだたったの七歳なのだ。上の王子二人に婚約者も決まっていない中で、末の王女の婚約が一番に整うなど冗談であろう。それも、相手は同盟国と言えど名ばかりの国だ。

「あくまでも婚約だ。婚姻は、王女の成人を待って行うことになるだろう。それに、そなたがわたしの婚約者になったのも十四であった」

然程早いわけではないと言い切った国王に、王妃はミシリと音がするほど手にした扇を握りしめた。

「そんな！　あの子はこの国に……どこかの高位貴族の妻にと……」

末の王女は可愛い。己に似ているのであればなおさらだ。だからこそ、手元に置いて国外に出したくないと、延々と夫である国王に言い続けてきたはずだった。そもそも、アルタウスという国は、あまり王女を外に嫁がせることがないのだ。現に、先々代の国王の娘は、ペッシェル公爵夫人となっている。

「状況が変わったのだ。トードルトを牽制するためにも、ハーヴィと絆《きずな》を深めておきたい。それに、クラウスが実際に王子と対面してきたが好青年だったと言っている」

そう言って、国王が王弟を見た。それを受けて、クラウスが口を開く。

「ハーヴィの次代の王太子は、稀に見るほど素晴らしい方でした。必ずや王女殿下を幸せにしてくださるでしょう」

澄まし顔のまま首肯したクラウスに、王妃はギリリと奥歯を噛み締めた。

「そなたが話を纏めたのか」

「陛下より命を受けましたので」

憎しみを込めて問いかければ、飄々と返事が返って来る。そんな態度が、さらに王妃の怒りを誘った。

「そなたが……そなたが、トードルトを完膚なきまでに叩きのめしておけばよかったのだ！　わざわざハーヴィと連合など組まずともいいほどに‼　そなたの実力不足をわたくしの娘に負わせるのか‼」

激高した王妃に、クラウスがぴくりと眉を動かした。しかし、彼が口を開く前に、国王が王妃を窘めた。

「王妃、クラウスを責めるでない。これは、ハーヴィの側から話があったことだ。クラウスは、あくまでもわたしの代理で話を纏めただけのこと」

「たとえそうであったとしても！　断ることもできたでしょう‼」

ハーヴィとの連合にどれほど旨味《うまみ》があるのか。歴史も文化も浅い彼の国に、メリットなど何もない。トードルトに対抗して連合を組んだとて、いつ裏切られるかもわからないのだ。

暗に断れる話を断らずに受けたとクラウスを責めれば、国王が溜息を吐いた。

「……向こうの王子によほどの悪い評判がなければ、受けるつもりであった」

そう言った国王に、王妃は眦を吊り上げた。

「あなたは娘が可愛くないのですか‼　実の娘が、いつ状況が変わるかもしれない名前だけの友好国に嫁ぐというのですよ⁉　戦況が変わり、ハーヴィがトードルトに付いたらどうするのです‼」

王女を人質として、手を組んで攻めて来れば、アルタウスが手を出しあぐねるのは明白であった。

「可愛くないわけがないだろう！　あれは、唯一の娘だぞ！　叶うことならば、平穏な暮らしをさせてやりたいと思っているに決まっている！　だが、あれは王女なのだ‼　王女には、王女としての責務がある」

責務だと言い切った国王に、王妃は目をかっと見開いた。

「そんな責務など……まだあんなにも幼い娘に！　そのようなことを望むのですか！」

扇をバンっと王妃が床に叩きつけた。到底許せる言葉ではなかったからだ。


「王族たるもの、命を賭しても国のために生きよ」


執務室に、クラウスの凛《りん》とした声が響いた。彼の言葉に、国王と王妃が揃ってクラウスに視線を向けた。

感情を一切そぎ落としたかのような表情で、クラウスが王妃を見つめていた。

「そう仰ったのは、王妃陛下だそうですね」

冷え冷えとした笑みを浮かべて見せたクラウスに、王妃がその瞳を細めて探るように彼を見た。

「一体、何の話をしているのです？　今は、そんなくだらない……」

余計なことに口を挟むなと言いかけた言葉に、クラウスが被せるように遮った。

「くだらない！　何をくだらないと仰るのでしょう？　これは、王族としての心構えなのでしょう」

さらに言い募るクラウスに、王妃は顔を顰めた。

「ですから、そんな古《いにしえ》の教育上の詭弁《きべん》はどうでもいい……」

「でも、王妃陛下は、それを我が妻に尤もらしく伝え、さもそれが普通であるかのように仰ったのですよね？」

あまりにしつこいクラウスに、王妃の顔色が変わる。クラウスのいつにない態度に、国王が慌てて止めに入る。

「クラウス、今はその話は……」

「兄上は、少し黙っていていただけませんか？　ちょうどいい機会ですので、はっきりさせておきたいと思っていたのです」

こつりとクラウスが、懐《ふところ》から取り出した何かを王妃の前に置いた。それは、一本の小型の短剣であった。優美な装飾が施されたそれは、実用的というよりは、装飾品に近い。

「おい……なんてものを執務室に持ち込むんだ」

クラウスの行動に、国王が顔を顰めた。

基本的に、このエリアでの帯剣は、国王の護衛騎士以外は認められていない。クラウスが、止められずにここまで持ち込めたのは、彼の身分と、然程殺傷能力のない儀礼的な短剣であったからだろう。

「それは、王妃陛下に仰ってください。これは、王妃陛下が我が妻に下さったものですから」

「……なんだって？」

訝し気な表情を浮かべた国王が、王妃に視線を向けた。

「それが、それがなんだと言うのです！　義妹に贈り物をしたとて咎められることなどないでしょう？」

むしろ、義妹となったディートリントを気遣ったのだと言い切った王妃に、クラウスが白々しい視線を向けた。

「それが、悪意のない贈り物であればですけれどね」

まるで悪意があったとでも言うような言い方に、王妃が眦を吊り上げる。

「……ッ、まるで、わたくしがディートリントさんに嫌がらせをしているような物言いですわね」

「実際に、嫌がらせ、してくださったのですよね？　影から色々と報告は受けていますよ」

ディートリントには、常に黒鷲の影と呼ばれる護衛が、影に日向に付き添っている。その一部始終が、当然のごとくクラウスに報告が上がって来るのだ。

もちろん、王妃にも王子・王女にも別の影が付き添っている。それは、アルタウスの王族にとっては常識だ。

「失礼な！　あなた方男性に、何が分かると言うのです！　わたくしは、彼女のためを思って……」

「それが、余計なお世話だと言うのですよ。あなたのせいで、妻は貴族令嬢から軽んじられることとなった」

「ディートリントさんの不出来をわたくしのせいになさるというの⁉　わたくしは、ただ年長者として、王弟妃たる彼女が、立派な王族の一員となれるように試練を……」

「試練ねぇ……何か、勘違いをしていらっしゃいませんか？」

執務室の室温が一気に下がったような錯覚に陥る。

その冷え冷えとした態度のまま、クラウスがその瞳を細めて、そして堂々と吐き捨てた。

「たかが王妃が偉そうに」

「なんですって〜〜〜〜〜〜〜〜〜〜〜ッ⁉」

クラウスの言葉に、王妃が激高した。顔は怒りで真っ赤に染まり、体はぷるぷると痙攣《けいれん》さえしている。

しかし、クラウスはそんな王妃の様子を気にするでもなく、さらに畳みかけた。

「だって、そうでしょう？　たかだか元侯爵令嬢が、一体何様のつもりで他の王族の妻に口出しをしようとするのです」

「わたくしは、いずれ国母になるのよ!?」

「ええ、いずれね。でも、それは貴女が王になるわけではない。ただ、次期国王を産んだというそれだけだ」

はっきりとそう言い切ったクラウスに、王妃は唖然と目を見開き言葉を失った。

「な……な……」

怒りのせいか、王妃の体がわなわなと震える。

「そもそも貴女が王妃に選ばれたのも、亡き侯爵に力があっただけです。新王が若かったゆえに、国内の安定を図って議会に忖度《そんたく》しただけにすぎません。兄も甥も歳を重ねた今、議会に忖度する必要もなければ、貴女の御機嫌を取る必要もない」

つまりは、王妃の存在はもはや不要だと言い切ったクラウスに、王妃は反射的に声を張り上げた。

「そんなの、わたくしも実家も許さなくてよ！」

王妃には、これまで積み上げてきたものがあるのだ。彼女の支えなくして、今の国王が、そして王家が存在したとは思えないほどに。しかし、クラウスはそんな彼女の思いを一笑に付した。

「侯爵家なら何も言いませんよ。黙っていれば、血縁が順当に国王となるのですから。問題ばかり起こす妹には何の旨味もない。むしろ妹が問題ばかり起こすせいで、議会での立場さえも危ぶまれる状況だ」

高慢な態度や使用人たちへの当たりの強さから、王妃の評判は頗《すこぶ》る悪い。気に入らない使用人は、次々と退職に追い込まれ、文官や騎士であっても左遷されるというのは有名な話だ。

その行いが大きければ大きいほど、夫である国王と実兄である侯爵が、尻ぬぐいする羽目に陥っていることを彼女は知らないのだろうか。

現実に彼女の行いは、貴族間のパワーバランスの崩れや、関係悪化を引き起こしている。放置していては、王家の土台の崩壊を引き起こす引き金になりかねないことであった。

「自分の身を投げうってでも、王族を守るのが務めなのでしょう？　決して、邪魔をせず、迷惑にならず、枷となるくらいなら命を自ら絶てと」

そう言って、クラウスは短剣を王妃に差し出した。

これは、ディートリントが辺境伯領にエルヴィーラと共に出かける際に、王妃からだと届けられたものだという。何かあれば、これで命を絶てということなのであれば、冗談でも笑えない。

王妃としては、ちょっとした脅しだったのかもしれないが、実際にディートリントが誘拐された以上、一歩間違えればその身を害していた可能性も捨てきれない。

「王女の婚約もこれで整いました。貴女がいることで、ハーヴィと揉めては困るのです。それに、いずれ王太子にも婚約者ができるでしょう。その時に、同じことをしない保証はない。むしろ、貴女の存在が害になる」

王太子の婚約者は、順当にいけば他国から王女を迎えることになる。そんな相手を甚振《いたぶ》ったとあれば、国際問題になりかねない。

はっきりと言い切ったクラウスの言葉に、王妃は瞠目した。これほどの屈辱は、初めてだった。

「～～～～～～～ッ‼」

顔を真っ赤にした王妃が、クラウスから短剣を奪い取ると、鞘《さや》を抜いてクラウスへと切りかかった。

一瞬の出来事に、周りが止める間もなく王妃はクラウスを切りつけた。

「王妃‼」

国王が、慌てて席を立つ。

しかし、その瞬間、王妃が大きな音を立てて盛大に後ろへと転倒した。クラウスが、足払いをしたからだ。

日々鍛錬を怠らない王弟と、夜会だ茶会だと華やかな世界で贅《ぜい》を尽くす王妃とでは、端から身体能力に大きな差があるのだ。当然の結果であろう。

中途半端な姿勢で立ち上がって呆然と立ち尽くす国王と動揺する侍従。仰向けに転倒している王妃とそれを見下ろしている王弟という構図に、大きな音に反応して飛び込んできた騎士たちが、動揺を見せた。

「王妃陛下は、ご乱心だ。心の病だろう。これ以上暴れては大変だから、自室にお連れして拘束しておくように」

淡々とそう告げたクラウスに、動揺しつつも騎士たちが転倒して気を失った王妃を連れ出していく。

「……王弟殿下、腕の治療を……」

国王の侍従の声に、クラウスはにっこり笑って軽やかに手を振って見せた。

「あんなのは、鈍《なまく》らだ。刃は潰してある」

ディートリントの元からこっそり回収させた後で、刃を潰してこの場に持ち出した。あれだけ言ってやれば、短気な王妃のことだ、切りかかってくるだろうなとの算段があった。

いくら問題の多い王妃とはいえ、それだけで表舞台から消すことはクラウスとてできない。もちろん、それは夫である国王も同様だ。それならば、同じ王族に対する傷害罪をでっちあげてしまえばいいかと思ったのだ。

「クラウス……そなた……あえて王妃を煽ったな」

ぐぬぬと渋い顔をした国王に、クラウスは眉を下げた。

「国際問題が困るのは本当ですよ。いつまでも、王妃が子供では困りますからね」

影から王妃のディートリントに対する仕打ちを聞いた時、いずれ大きな問題を引き起こすだろうと思ったのだ。友好のために王子の元に嫁いできた他国の王女に同じことをすれば、国王や侯爵家では庇いきれなくなることは明白だった。

「それはそうだが……」

それでも煮え切らない表情の国王に、クラウスは嘆息する。

「諌められぬ兄上の立場もわかりますが、ここらが潮時でしょう。病気療養の名目で離宮に蟄居させるもよし、思い切って離縁するのもよし。兄上の好きにしてください」

王妃に情があるのであれば、表舞台から下ろした上で、慰めてやればいいのだ。あくまでも彼女にとっての敵はクラウスだけなのだから。

「……まるでわたしのためにやったように言っているが、完全に私怨であったであろう?」

胡乱な目で見つめる国王に、クラウスは肩を竦めて見せた。

「それはそうですよ。王妃と前侯爵には散々煮え湯を飲まされましたからね。自分だけならまだしも、妻にまで手を出したのです。本人は軽い嫌がらせのつもりかもしれませんが、一歩間違えれば、本当にあの場で首を掻っ切っていたかもしれませんよ」

ディートリントは、真面目で素直なのだ。王妃が嫌がらせのつもりでやったことも、全て真実だと思っている。

「代々国王の妻は、国外から迎えているというのに、自害を勧めるような短剣が受け継がれるはずがない……」

今代の王妃が、国内貴族から選ばれたことが異例なのだ。本来であれば、兄である国王も国外から有益な相手を迎えていたはずで、そのための話もいくつもあったはずであった。

幼少期からの婚約者だと王妃はディートリントに言ったようだが、真実はただの婚約者候補のうちの一人でしかない。王妃教育など眉唾物だ。ただ己の見栄を張りたいがために、ディートリントをただの田舎の伯爵令嬢だと貶《おとし》めたいがための作り話なのだ。

――王族たるもの、命を賭しても国のために生きよ――

この言葉は、本来であれば王太子が代々引き継ぐ言葉なのだ。国王の代理としてどんな危険な場所であっても出向かなければならない者の心構えと、そういう思いを受け継いで生きてきた者たちとの絆を意識させるための言葉。

国のために死ねという話ではない。むしろ、何としてでも生き残り成果を上げよという教訓だ。

王妃がこの言葉をどこで知ったのかは知らないが、いい加減なことこの上ない。

クラウスが王弟妃教育という名の王妃との交流をディートリントに許可したのは、さすがにクラウスの妻にまでわかりやすい嫌がらせをしないだろうと思ったからだ。それは、王妃に許可を出した国王も同様であっただろう。

しかし、結果はこの体たらくで、不幸に不幸が重なることとなった。

「でも、その素直なところに惚れているだろう？」

国王にそう問いかけられて、クラウスはとろけるような満面の笑みを浮かべた。ディートリントの素直で真っすぐなところが、堪らなく愛おしい。それは、間違いのない事実であった。

その後、王妃は病気療養の名目で王領の空気の良い場所にある離宮に追いやられることとなったのは、別の話である。

終章

ペッシェル公爵家の仮面舞踏会。

久々に開催されたそれは、今話題の王弟夫妻の出会いの場であったということがまことしやかに囁かれ、いつになく盛況であった。

色とりどりの仮面をつけた男女が、くるりくるりと会場を回る。

その中でも、中央で軽やかに踊るのは、黄金色の髪の女性。まるで夜の女王を連想させる深い青色のドレスには、金銀の星が散りばめられている。まごうことなきこの公爵家の令嬢アデリナである。

目だけを隠した仮面は、それだけでは彼女の美しさを隠しきることはできず、妖艶な美しさを醸し出す。

そんな彼女の手を取って踊るのは、硬質な空気を身にまとった一人の男。背は高く、肩幅も広く。正装に身を包んでいても、その鋼のような肉体が優に想像できる。こちらも目だけを隠す仮面をつけており、その意匠はアデリナと揃いだ。

この二人を見れば、ペッシェル公爵家の若夫婦であると誰もが理解できる。お互いの手を取り合い仲睦まじい様子に、周りの視線も好意的だ。

そんな会場内の喧騒《けんそう》を他所に、ディートリントはクラウスと共に公爵家の庭園へと出た。

ディートリントが、公爵家の仮面舞踏会に参加するのは、あのクラウスと出会った仮面舞踏会以来である。

どうしても参加してほしいと、アデリナに懇願される形で、今回参加を決めた。仮面舞踏会自体にさほど興味はないが、再びあの庭園を見られるのであればと快諾した。

それゆえに、仮面舞踏会であってもディートリントもクラウスも今夜は仮面を身に着けていない。二人の出会いの場であるこの場所に、再び彼らが参加していると知らしめるのが目的なのだ。仮面など必要なかった。

とはいえ、二人が会場内で踊るわけではない。そんなあからさまなことをしなくとも、誰かが姿を見かければそれでいいのだ。自ずと二人の参加の事実は、社交界の話題の一つとなることだろう。

「うわぁ～……素敵」

ディートリントの口から感嘆の息が漏れる。

公爵家の庭園、それも奥まった場所であるこの場所は、特別な庭園だ。特別な花や植物が植わっているという意味ではない。どちらかと言えば、素朴な植物が多く、どこか自然の野山の一角の雰囲気をしている。

いわば、ここは『自然の庭』。特別に管理された、原風景の庭なのだ。

その特別な庭が、控えめに淡くライトアップされている。それは、仮面舞踏会というどこか秘められた舞踏会を演出するためのものであるのだが、それがとても幻想的なのだ。

「オルレアにヤグルマギク、フロックスにラグラス……そしてデルフィニウムだったか」

クラウスから発せられた植物の名前は、あの夜ディートリントが口にしたもの。その全てを憶えていたのかと、ディートリントは驚きから瞳を見開いた。

「覚えているよ。あの夜は、わたしにとって忘れられない一夜だった」

クラウスが、瞳を細めて眩しいものでも見るようにディートリントを見る。ざぁーっと音をたてて、夜風が二人の間を通り抜けていく。

「……仮面舞踏会に来ているのに、テラスから庭ばかり見下ろしている風変わりな女がいると？」

クラウスの視線が恥ずかしくて、ディートリントはつい心にもないことを言ってしまう。

「そんなことないことは、そなたが十分に知っているだろう、ディートリント」

窘めるように声をかけられて、ディートリントは恥ずかし気に瞳を伏せた。

「まぁ、印象的であったことは、否定できないがな」

「んもぅ！　クラウス様ったら」

風変わりであることは、ディートリントが自覚していることだ。そんな彼女の姿を好意的にとらえてくれる人は、きっとクラウス以外に存在しない。

「そんなことはないさ。植物を愛する女性を否定する方が間違っている。それに、エイマーズ伯爵家の人間であることを知っていればなおさらだ」

エイマーズ伯爵家は、園芸家で育種家だ。あの家の誰もが、植物に囲まれて成長する。

とはいえ、伯爵家が作り出した植物は有名になっても、伯爵家の名前はそれほどでもない。

所詮は、ただの田舎貴族。そんな認識だろう。

「あの夜は、ご存じなかったのに？」

夜風に流される髪を片手で抑えながら、ディートリントはクラウスを振り返る。

あの夜二人は、見知らぬ男女として出会ったのだ。クラウスも、ディートリントが、エイマーズ伯爵家のディートリントであると知らなかったはず。

「知らなくてもどうしようもなく魅かれたんだ」

こつりと、クラウスの靴の踵が、庭園のタイルを踏む。

「……クラウス様」

「それに、風変わりな女を演じて寄って来る女も過去にいなかったわけじゃない」

クラウスは、王弟という身分だけでなく、目を引くほどの美丈夫だ。そういうことも、過去にあっておかしくはない。それでも、どこか面白くないのはなぜなのか。

そんな思いを滲ませて、むっつりと黙り込めばクラウスが苦笑する。

「特に関係があったわけでもない相手にまで嫉妬するのか」

「……嫉妬なんて」

するに決まっている。

ディートリントは、まだまだ殻付きヒヨコの恋愛初心者なのにもかかわらず、クラウスはただそこにいるだけで誰もが振り返る貴公子だ。真偽のほどは別として、流した浮名は数知れず、まじめな話だけであっても、数多くの縁談話があったと聞く。

「ディートリントだけだよ。過去にも先にも、好ましいと思う相手は、そなただけだ」

また、こつりとクラウスの靴の踵が、タイルを踏んだ。一歩また一歩と彼が近づいてくる。

「……」

「飾らない、そのままの君が好きだよ」

ディートリントの目の前まで来た彼が、そっと額に唇を落とした。

「……ッ」

「もちろん、なんの関係もない相手にまで嫉妬するディートリントも、可愛いと思っているがね」

「……ッ、クラウス様!!」

自分でも顔が真っ赤になっている自覚がある。どうにもこうにも顔が熱くて仕方なかった。

風に乗って、会場から音楽が聞こえてくる。

「そういえば、あの夜は踊らなかったな」

クラウスの耳にも届いたのだろうか。彼が、会場の方を振り返る。

「結局、テラスから庭を見下ろして終わってしまいましたからね」

今思えば、あの夜踊ればよかったのかもしれない。そうすれば、もっと早く再会できたかもしれないし、勘違いからお互いに傷つかなくて済んだのかもしれない。

とはいえ、今となっては詮なきことだ。

あの夜踊らなくても、こうしてクラウスと結ばれたのは、ディートリントだったのだから。

「今から踊ろうか？」

ディートリントの思いを汲み取ったのか、会場へ戻るかと問いかけたクラウスに、ディートリントは頭を振った。

「……こんな真っ赤な顔で、会場には戻れません」

先ほどのやり取りだけで、ディートリントの顔は真っ赤である。鏡がなくても頬の熱さだけで十分実感できるほどに。

「それもそうだな」

そんなディートリントの顔を見て、クラウスが小さく笑う。

「……ッ、クラウス様‼」

誰のせいだと、クラウスをギロリと睨みつける。

「わたしとて、こんな可愛らしい状態のディートリントを、他人に見せてやるつもりはないよ」

そう言うと、彼がディートリントの手を引いて庭園の奥へと歩みを進める。どこに行くのかと問いかけようとしたところで、少しばかり広い場所へと出た。

庭のちょうど中心にあたるのであろうか。円形にタイルが敷かれ、広めのテラスといった雰囲気だ。蔓薔薇のアーチをくぐり中に入れば、香《かぐわ》しい薔薇の香りがする。

「ここなら、わたしたちだけだ」

それとタイミングを同じくして、会場の楽団が新しい音楽を奏で始める。そのまま手を取られて、ディートリントはクラウスと踊る。

広めとはいえ、それでも部屋ほどの広さしかないスペースで、クラウスは器用にくるりくるりとターンを繰り返す。

ディートリントの背に垂らした白金の髪に飾られた真珠の飾りが、薄明りに淡く浮かび上がる。そして、彼女が身にまとっているドレスにもふんだんに真珠が縫い付けられており、それもまた淡く光りながらゆらりゆらりと揺れた。

ドレスは白から薄い桃色に変わるグラデーションで、幾重にも重なったレースがまるで人魚の鱗《うろこ》を連想させる。

さながら蔓薔薇の森で王子様と踊る人魚姫だ。

美しい世界、美麗な王子。この非日常空間が、人魚姫につかの間の夢を見せる。

今この瞬間ならば、聞いたら答えてくれるだろうか。

そんなディートリントの逡巡を汲み取ったのか、クラウスが僅かに首を傾げた。

「どうかしたかい？」

灰褐色の瞳が、優しく細められる。

「……クラウス様と出会った夜、約束をしましたね」

「『輝きの庭』に連れていくという約束だな」

「そして貴方は、三年後戦地から戻られた後に、連れて行ってくださいました」

「喜んでいるディートリントも、可愛かったよ」

「……子ども扱いしていますか？」

可愛かったという言い方が、幼い子供を形容しているような気がして、ディートリントはジロリとクラウスを見上げた。

「そんなことはないよ。あの夜から、ずっとディートリントに惹かれているのだから」

相好を崩したクラウスが、ふわりと軽やかにターンをする。ディートリントのドレスの裾がひらりと舞い上がった。

「……クラウス様が、あの後すぐに戦地に戻ってしまったのは、わたしが婚約間近だと思ったからですか？」

「……」

クラウスの足が止まる。

ざざざっと夜風が通り抜けていく。その風に乗って、薔薇の香りがふわりと漂った。

ふっとクラウスが笑う。

「やっぱり、気づいたか」

「どうして……」

「もう忘れたのか？　わたしと親しくする女性には、もれなく王命が出るんだ」

クラウスの返答に、ディートリントは、その瞳をまん丸に見開いた。

「わたしが、あの後そなたを『輝きの庭』に誘えば、確実に兄がそなたのことを調べただろう。そして、婚約を目前に控えていようが、婚約者がいようが確実に婚姻命令を出したはずだ」

「……」

「そなたが、権力を欲しているような女性には見えなかった。ただただ植物を愛し、恋人

を愛しているように見えた」

「……恋人？」

クラウスの気づかいに感動しかけたところで、思わぬ登場人物が現れて、ディートリントは怪訝な表情を浮かべて首を傾げた。

「白薔薇の君」

「お姉さま、ですか？　でも、お姉さまは、女性で……」

と言いかけて、ディートリントはアデリナの言葉を思い出した。それにクラウスも気が付いたのだろう。苦く笑う。

「あの夜、『白薔薇の君』という存在を知り、髪色からその名が付いたと知り、そなただと思い込んだ。そして、赤髪の男と仲睦まじげなそなたの姿を見て、彼が婚約間近の恋人なのだと想像した」

「赤髪って……まさか……」

あの夜、エルヴィーラは変装だと言って、真っ赤な髪の鬘《かつら》を被っていたのだ。今夜は、赤薔薇の君だなんて軽口を叩いていたくらい……。

「それが間違いだったと知ったのは、三年後の戦勝会だった。『白薔薇の君』は、辺境伯夫人であり、そなたは従妹の令嬢であると」

「……」

「それからは、そなたが知る通りだ。挽回《ばんかい》すべく必死になってそなたを誘い出していたら、想像通り兄が先走った。そして、わたしはずるい男だから、それを粛々と受け入れた」

　クラウスが、どこか自嘲的に笑う。

「わたしが、こんな男でがっかりしたかい？」

　そんな彼の問いに、ディートリントはまさかと頭を振って否定する。クラウスは、自分が悪いように言っているが、何も悪いことなどしていない。ただ、ディートリントを気遣い、想いやってくれただけだ。

「あの夜から、わたしの白薔薇はそなただけ。数多花が咲き乱れる庭園に会っても、他が霞むほどそなたしか見えていない」

　クラウスが、ディートリントの頰に手を添える。灰褐色の彼の瞳が、ほとばしる熱量を込めてディートリントを見下ろしていた。

「あぁ、汚れなきわたしの白薔薇。愛している。この世界の誰よりも君を」

　柔らかな口づけは、どこか神聖で誓いのようであった。

あとがき

初めましての方も、そうでない方も、こんにちは！　白柳いちかです。

このたびは、『美貌の王弟殿下は白薔薇のような令嬢を捕まえて甘く愛でる』をお手に取っていただき、本当にありがとうございます。楽しんでいただけましたでしょうか？

今回の舞台は、ずばり『庭園』となっております。

白柳自身、『庭園』には結構憧れが強い方で、今はやりの（？）雑木の庭から、海外のお城にあるこれぞ庭園みたいなものまで、ついついテレビでやっていると観てしまいます。遥か彼方昔に新婚旅行で行った「シュノンソー城」とか「シャンボール城」は素敵でしたね。

最近で言えば、先日北海道は旭川に行ってきたのですが、結構有名な庭が多いみたいです。できることなら、すべて見て回りたかった……‼　（上野ファームしか行けてない。悔しい‼）ハロウィン前だったので、至る所にかぼちゃがディスプレイされていて、かわいかったなぁ。

さて、そんな『庭園』しかも仮面舞踏会で出会った二人が、勘違いとか、思い込みとか、周りの思惑で三年間盛大にすれ違っちゃったお話が、今回のお話です。素直で擦れていいないディートリントと、擦れ捲っているクラウスのかみ合っているような、かみ合っていないようなお話ですが、お楽しみいただけますと幸いです。

今回のイラストは、Ｃｉｅｌ先生が描いてくださっています。幼げな印象の美少女ディートリントと、色気たっぷりな美貌のクラウスをありがとうございます。あまりの素敵さに、何度見返したことか!! 最高です!!

そして、今回もしっかりご迷惑をおかけした編集様。いつも申し訳ありません。ありがとうございます。こうして、本作を出させていただいた出版社様にも、この場を借りて御礼申し上げます。

そして何よりも、こうして本作を読んでくださった読者様、ありがとうございました。あなたに、心からの感謝を。

そして、またお目にかかれますことを心から祈っております。

白柳　いちか

美貌の王弟殿下は白薔薇のような令嬢を捕まえて甘く愛でる

Vanilla《ヴァニラ》文庫

2024年12月5日　第1刷発行　定価はカバーに表示してあります

著　者　白柳いちか　©ICHIKA SHIROYAGI 2024
装　画　Ciel
発行人　鈴木幸辰
発行所　株式会社ハーパーコリンズ・ジャパン
東京都千代田区大手町1-5-1
電話　04-2951-2000（営業）
0570-008091（読者サービス係）

印刷・製本　中央精版印刷株式会社

Printed in Japan ©K.K. HarperCollins Japan 2024 ISBN978-4-596-72034-4